启笛

崖边农事：二十四节气里的村庄

阎海军 著

北京大学出版社
PEKING UNIVERSITY PRESS

立夏

立夏高山糜
079

小满

锄田
091

芒种

繁花
101

夏至

艰难的斗争
113

小暑

六月忙，地主的小姐请下楼
139

大暑

夏浅耕 秋深翻
151

目录

前言 —— i

立春
漫长的过年
001

雨水
积肥
017

惊蛰
开犁
029

春分
种麦季
041

清明
莍者稼最强
055

谷雨
谷雨谷,种了胡麻耽搁谷
067

立冬
打碾
241

小雪
上粮
253

大雪
磨面
263

冬至
榨油
277

小寒
压粉
289

大寒
一碗『盐煎肉』
299

后记
313

立秋

拔胡麻
163

处暑

拉田上场
175

白露

洋麦也是麦
189

秋分

穄青喉 黍折头
199

寒露

宿麦
213

霜降

与时间赛跑的秋收
225

前言

农业起源地

每一处地方,都有沟壑,但很少流水。原来有水的河谷,也在渐渐干涸。渭河就在不远处,所有的沟谷都连着渭河,所有的沟谷滋养渭河的能力越来越弱,渭河也在逐渐逼近断流。没有水,也就缺了绿意。山峦多数裸呈赤黄,也有焦红、暗黛色。人在旱海,难有舒展。靠天吃饭、靠地生存,每一天的农业生活都像战斗,一年一个周期,有时候会赢,有时候输得颗粒无收。

这是陇山以西的大部分地区,秦汉以来经常简称陇西或者陇右。近现代以来,陇西的辉煌逐渐消逝于金戈铁马的历史烟尘,因为接近寸草不生的荒凉,这片区域响亮的称谓是定西、西海固。

崖边,就在这旱海里。

翻过陇山,陕北高原有类似的景致;跨过黄河,山西的地貌照旧支离破碎;越过太行山,晋冀鲁豫虽然不再沟壑纵横,但依然缺雨少水，一片赤黄。这大片黄土区域，包含了黄土高原和黄土平原。这里是中国农业起源地，孕育了中国文明。

地球上共有三大农业起源地——新月沃地驯化了小麦、大麦；中国黄河流域驯化了粟和黍，长江流域驯化了稻；北美南美接壤地带驯化了玉米、甘薯和马铃薯。这三大区域都在北纬30度附近，其实都不是地球上环境最好的地方。显然，是最恶劣的环境压力，催生了农业的起源，点燃了文明之花。

崖边位于中国新石器时代两大重要考古遗址——大地湾和马家窑——中间位置，东距秦安大地湾遗址98.4公里、西距临洮马家窑遗址96.8公里。崖边，北纬35.12度；大地湾，北纬35.01度；马家窑，北纬35.31度。三地纬度相差无几。

大地湾遗址距今8000—4800年，遗址中采集到已碳化的禾本科黍和十字花科油菜籽，充分证明黍为中国原生物种，是中国最早驯化了它。

马家窑遗址距今5200—4400年，遗址在最新发掘中，发现了大量动植物遗骸，被认为"在大麦、小麦等农作物，牛、羊等家畜，以及金属冶炼技术由西方传入中国的过程中，马家窑文化及后续的齐家文化发挥了特殊的作用"。

以村庄为核心，半径 50 公里的范围内，分属通渭、陇西两县的史前遗址众多，大量彩陶的花纹表现了以农业为主的文化特色和生活印迹。

马家窑到大地湾的广大黄土高原，属于渭河流域，这广阔而干旱的黄土高原正是今天的定西和西海固。

农业诞生以来的一万年，黄土区域一直是催生文明的地方，曾经的城池和江山虽已难觅踪迹，但沿着石窟走廊，从洛阳到乌鞘岭，足见那片黄土地上的历史荣光何其繁盛。近现代乃至当代视角里，中国的黄土区域都是不发达地区。尽管华北平原今天依然是中国的粮仓，但黄土高原的确成了最落后之地，每一个或大或小的城池抽取着周边的水源，呻吟着维系现代化。从当下切入黄土高原的历史，人们会畅想，中古时期、远古时期或许黄土高原水草丰茂、良田沃野遍布大地。实则非也。

早在 20 世纪 60 年代，何炳棣先生根据考古材料和古代文献相互佐证，推断出黄土区域从来都是干旱之地的结论。根据黄土的成因，黄土区域的特性就是干旱。

何炳棣推断，中国最古的农业与黄河这条泛滥大河并无直接关系，也与灌溉无关。根据古文化遗址的地理和地形，仰韶文化的核心区是陕西的泾、渭盆地，山西西南部汾水盆地和河南西

陇西黄土高原,鲜有原始森林,山丘尽数做成了梯田。大面积抵消低单产,是旱作农业尽可能提升产量的唯一办法

部，向西延伸是甘肃东半部，与很多稍晚的甘肃仰韶文化和其他古文化区重叠；向东延展到黄土平原，与很多较晚的龙山文化遗址重叠。[1]

综合起来看，华北各省新石器时代遗址，除甘肃、山西沿着黄河上、中游有一部分外，其余大多在黄河支流或者支流的更小支流；遗址多在黄土台地和小丘岗，高出河面十余尺至几百尺。由此证明中国最早的农业不是灌溉农业，而是旱地农业。大量史前和殷商时代遗址，始终没有发现灌溉的证据。[2]

农业发明以来的一万年，黄土高原经历了不同的气候环境，有极寒阶段，有相对温润的阶段，但总体而言，干旱是黄土高原的真实面貌。"面朝黄土背朝天"，也是浸透着漫长时光的人文总结。

基于几乎一成不变的干旱，我们可以推想，人类在狩猎采集阶段，生存于黄土高原的人们，显然处在贫瘠状态。只有山地和隙地存在森林的黄土高原，缺少更多的野兽和野果。人们走出树林，便是满目草场。"穷则思变"，最聪明的人发明了对野生粟和黍的种植，便有了农业的开启。这块狩猎采集最没有前途的土地，诞生了最有希望的农业。

---

[1] 何炳棣：《黄土与中国农业的起源》，香港中文大学出版社，1969年，第108页。
[2] 同上书，第117页。

金牧场变身"苦甲天下"

人类的历史,无法用线性的截然不同的阶段来划分。人类的狩猎采集形态、农业种植形态、实现动物驯化以后的游牧形态,应该有互相叠加的时段。及至今天,地球上依然有狩猎民族存在。

村庄没有考古遗址,无法判定新石器时期是否有人类聚居,但根据周边考古证据判定,村庄所在大区域产生过最早的农业种植。村庄即使人居历史较短,但深受农业文化浸染和影响,是无可争议的事实。

先秦时期,陇西高原应该是游牧强于农耕的状态。秦人在渭河沿岸台地与戎人反复征伐、逐步壮大。到秦昭襄王时期,秦人已坐拥关中,尽享农业之利,具备了吞噬六国的气概。秦昭襄王时,秦灭义渠,为绝戎人游牧袭扰后方根据地,下令在陇西郡、北地郡、上郡之间,修筑了战国秦长城。其时的陇西高原,应该依然以游牧为主。崖边就在距战国秦长城十里开外的地方,所在区域应是戎人纵马驰骋的牧场。

司马迁在《史记》中也说,陇西"畜牧为天下饶",可见秦汉时期,陇西高原是一块金牧场,牧业能输出优质战马,是国家的支柱产业。宋以降,尤其明清之际,陇西高原人口激增,垦殖扩大,逐步变成了完全的农耕区。由于降雨偏少,瘠薄的土地难以养活高密度的人口，遂成了"苦甲天下"之地。

陇右地区由牧区向农耕区的过渡阶段，应该是村落人口大规模定居的阶段。也正是这个时期，中国人口由2亿翻番到4亿，这些新增长的人口，一方面依靠了美洲新近传播而来的马铃薯、玉米，一方面依靠的必然是粟、黍、稻、麦等已有作物单产的提升和种植面积的扩大。种植面积扩大的背后，就是草地变成耕地的生态退化过程。

村落的主山是东山。这是风水学里的方位概念。村庄的营建，也完全依据了堪舆学。村庄依靠的主山，实则四周都有村庄，只是我们的村庄处在山的西侧。按风水学，别的村庄就相应靠上了南山、北山、西山，其实大家背靠的是同一座山。

山的顶峰，是一座古堡。古堡建于何时，无从考证。或许是明朝，或许是清朝，总之，以坍塌陷落的程度，远比民国时期早。站在古堡之上，手机定位系统显示的海拔高度是2220米。

从堡子以下，村庄的区域像一个张开臂腋的巨人，主干部位的逐级台地上，依次修建了土夯墙做成的院落屋舍。左侧，是一道深沟，围绕沟谷，形成一个臂弯，排列着因为逐年滑坡而破碎不堪的黄土梁岇地；右侧，是伸展的手臂，指向遥远的北方，布满了水平梯田。左侧深沟的溪流一直流于脚底，汇于临县的溪流趋向渭河，右侧的梯田一台台也收拢于脚端。

村庄土地中，左臂弯三分之二的地块是坐北朝南的向阳地，剩余三分之一则跟着河沟绕成了相反的二阴地。右臂弯的土地，都是坐东朝西的向阳土地。村庄的耕地总体趋向晚阳山，有着较好的光照时长。历史上，这里非常适宜糜谷的生长，它们年复一年地繁育，养活了村庄一代又一代的农民。

村庄的中央位置，海拔1980米，处在北纬35.6度，东经104.51度。村庄的耕地是逐步拓荒而来的，海拔基本处在1910—2130米之间。2130米以上的区域，是仅剩的一块山头，因为坡度超过了60度，所以才保留了下来。不过，1990年代初期，村庄迎来了新一轮垦荒热潮，2130米以上改革开放初期划定的还林区也被开垦了，就连古堡内部的地块也被邻村人耕种了。其时，奶奶已是80岁高龄，她一边看着村里的后生开荒，一边感叹说："挖上梁畔，荒了门洞，你们这些坏蛋都是瞎折腾，总有一天家门口的地都会种不过来。"

1998年，长江发生洪涝灾害，退耕还林成为国策，2050米以上的区域，全部实施了退耕还林。从此，村民耕种的土地主要集中在1910—2050米之间，比之前降低了80米。

又过了20年，果不其然，村里大量人口外出谋生，土地撂荒，有的人进城后锁了门，门洞蒿草连天。

从"杂五谷"到单一化

村庄所属的区域,在地理学上,叫温带半湿润向半干旱过渡区,年平均气温 7.7℃,降水量 300—600mm,无霜期 120—170 天。

降雨量、无霜期、光照、海拔,是作物生长的先决条件。村庄土地普遍高海拔,加上降雨稀少,并不是适宜作物生长的区域。

梳理过往种植史,作为寒旱高原地区的村庄,成功种植过的作物种类还是比较丰富。按照收获季节,农人把高原上适种的作物分为夏粮和秋田。其中,夏粮包括冬小麦、春小麦、黑麦、扁豆、豌豆、蚕豆、黄豆、箭舌豆、三棱豆;秋田包括胡麻、莜麦、燕麦、洋芋、糜子、谷子、荞麦、玉米、麻子、高粱。村庄也有蔬菜种植,白菜、包菜、菜瓜、萝卜、甜菜、胡萝卜、葱、韭、蒜都能很好地成活。地膜诞生以后,农人又成功种植了黄瓜、茄子、辣椒、西瓜、西红柿。这些蔬菜水果通过采购菜苗移栽,有地膜保墒,成活率极高。

"种谷必杂五谷,以备灾害。"

早在战国时期,中国农民就懂得了用作物多样性克服各种自然灾害造成的减产绝收,以保障粮有盈余。村庄的种植结构,也是尽量多地引种粮食品种,在不同的季节播种,错峰应对随时可能降临的灾害。凡

村落远景。
古堡、林带、梯田、房舍、坟茔……显示村庄生死轮替、生生不息的运行历史

是高原上难以适应的作物,种植一两次就被淘汰了;凡是能在高原上繁育的作物,都被保留了下来。

"养牛为耕田、养猪为过年、养鸡下蛋换油盐。"

农民的种植周而复始,一年都不敢耽误。

在漫长的耕作光阴里,一切在缓慢地起着变化。中国古人心中的五谷,有稻、黍、稷、麦、菽;或麻、黍、稷、麦、菽。北麻南稻。经过演变,除南方的稻米依然是主粮外,其余原生作物在小麦、土豆、玉米的挤兑下，逐渐由杂粮弱化到了退出历史舞台。地球上的农作物，在全球性的融合与交流中，最终稻米、小麦、玉米、土豆四大家族胜出。玉米、土豆来到中国的直接结果，让中国多出了2亿人口。

中国从1950年代开始，以史无前例的高度组织化，推动工业文明和现代化。到1970年代时，良种、化肥、农药陆续输入乡野，作物的产量有了质的飞跃。祖祖辈辈为吃饱而较劲的农业劳动，逐渐有了盈余。这一次科技改良，让中国的人口由4亿提高到了14亿。

科技催生的粮食增产变化，同时改变了粮食的种植结构，粮有盈余的农民，不再担忧饥饿，而是挖空心思获取现金收入，以应对外部世界的资本化。工业化、城市化不断吸食乡村的有生力量，最终，村庄被风卷残云般销蚀了下去。

在中国农业起源地，由关中平原沿着渭河一路向西，万千村落的种植结构从1990年代开始，一调再调。林果占用了大量耕地，猕猴桃、苹果、梨、樱桃、葡萄、药材……什么赚钱种什么，成了农民的首选。粮食种植越来越变得不甚重要。

根据何炳棣的研究，中国农业起源于黄土高原，旱作农业是中国农业的本来面貌。但南方稻作发达之后，北方灌溉农业兴起以来，陇西黄土高原依然广种薄收、靠天吃饭的模式,成了种植条件最艰苦的农业区域。就是这种植条件最差的地方,也响应了时代的号召,粮食种植面积一压再压,经济作物不断扩容。

村庄曾经压倒一切的冬小麦种植,不再是农业生产的重中之重。农民开始奉行够吃就行的原则。只有胡麻一直在种,为了保障食用油自由。剩下的土地,大都用来种玉米、种洋芋。新世纪研发的地膜种玉米亩产普遍都在 1200 斤以上,稳产保产,成了打不倒的铁杆庄稼,每斤 1.3 元左右的售价,可为农民保障收入。洋芋也是耐寒耐旱,亩产更是超过 2000 斤,同样能保障经济收入。这看似顺应市场的种植调节,实则是工业化自身矛盾被转嫁的后果。[3]

农业创造的一切正在改造农业。

在中国农民的记忆中,最深刻的事件,莫过于"皇粮国税"停收、种粮发放补贴。这个大转机,直观的促动因素是政策的变化,而推动政策转向的核心原因,源自工业革命对农业社会的改造。农业中国大踏步迈向现代化,到 21 世纪初彻底免除"皇粮国税",刚好运行了半个世纪。这半个世纪,中国提取农业剩余价值用于工业原始资本积累,最终顺利完成了工业化改造,才让工业反哺农业,城市

---

3 〔日〕斋藤幸平著,王盈译:《人类世的"资本论"》,上海译文出版社,2023 年,第 21 页。

反哺乡村成为可能。

从土地革命到免除"皇粮国税",近半个世纪,正是中国由农业社会向工业社会过渡的交汇期,这是一个复杂的新旧社会形态的转型。生长于这半个世纪的中国农民,经历了复杂的世事。

年老的农民,对于新世纪的生活,用沧桑的表情感叹:现在是天堂,是福窝。

而外出打过工,见过世面,没有经历过太多苦难的年轻农民,则一边比对城市生活,一边抱怨农村太萧条。

农业用一万年完成社会改造后,蝉蛹一样窝趴在地球最不起眼的褶皱里,接受着被改造。

农业还重要吗?

农业村庄的过去,资源循环利用、耕作方式具有可持续性,形成了一套体系完备的生产模式。与工业化结合的农业,以工业化方式生产农产品的农业,和过去那个传统的农业已有了本质的区别。今天的中国,只有在偏远的乡村,还能寻觅到一丝古旧的农耕气息。变化还在继续,即使偏远的乡村,仅有的农耕图景也正在快速地消失。

作物种植的精简，直接导致了作物多样性的弱化。曾经的杂粮退出种植，有些作物的种质濒临灭绝。这将会让生态链发生改变。农业农村部联合多部门曾发布《全国农作物种质资源保护与利用中长期发展规划（2015—2030年）》，各地在过去也收集了一些濒危种质。不过，藏种于农户、藏种于田野，和藏种于仓库、藏种于科研院所，是两个概念，两种结局。

追求种植效益，农家肥、有机肥不再成为必需，施用化肥、农药成为必配。土壤肥力的恢复，必须经由有机肥还田形成循环。长久使用化肥、农药，会导致土壤结构遭到严重破坏。这是一种耗竭农业。还有地膜的使用，很难降解，会造成面源污染。

作物结构单一化之后，农民的饮食结构也发生了本质的变化。作物单产较低的年代，农人经历了悲痛的饥饿，从吃饱到吃好，基本在过去四十年迅速解决。精面精油成为农人日常饮食，这种饮食结构与过去杂粮搭配的日子相比，其实营养输入变差了。从人体健康的角度，这是一个新的隐忧，这是吃饱以后的新问题。

今天的城市人群，大都不太关心农业。在很多市民心目中，粮食等于粮油店，蔬菜等于超市。粮食的消费者不再关心粮食的生产，这与其说是社会分工细化造成的进步，还不如说是人类的忘本行为。

农业已经有了一万年的历史，一万年的农业历史，既是农业的历史，也是人类的历史；既是人类追求进步的历史，也是人类保全自身的历史。漫长的农业历史，中国人一直强调"民以食为天"。农业文明，循法天地，遵循自然，获得生命价值。这是中华文明的源头，是农业文明奠基了中华文明。漫长的农业文明所形成的循环理念、可持续发展模式，对人类而言至关重要。与农业文明的可持续发展相悖逆，最近两百年，人类正忘乎所以地行进在竭泽而渔的"人类世"。[4]

一万年太久，一万年匆匆，世事总无常，艰弱也有爆发力，盛大难免落幕时。一万年后，工业文明拼资源要效益，起源过农业的黄土地又陷入了新的落寞。

村庄种田的农民中，50后、60后、70后是中坚力量，80后寥寥无几，90后无一人。过去10多年，回乡与种粮农民的交流，听到最多的一句话是：不论怎么发展，人总是要吃粮食的！

---

[4] 早在1873年之前，人类就意识到自身对环境的影响。意大利地质学家安东尼奥·斯托帕尼这样定义"人类世时代"："一个全新的地球力量，世界将被这种更伟大的能量主宰。"2000年，为了强调人类在地质和生态中的核心作用，诺贝尔化学奖得主保罗·克鲁岑提出了人类世的概念。2019年5月21日，据英国著名科学杂志《自然》报道，一组科学家投票认可地球已进入一个新的地质时代——人类世。

抢救性记录

《吕氏春秋》说:"夫稼,为之者人也,生之者地也,养之者天也。"

这是古人对农业最好的定义。

是天地人化育了农业。

农业诞生的一万年,地质年代处在全新世。仅全新世,冰期和暖期就互相交替,形成过一系列对农业而言具有毁灭性的气候变迁,但灾难过后,人类和农业又重新聚拢了生机。

可以断言,所有的土地都经历过离乱。

来到村庄土地上耕作的人,与其说为了生活,不如说为了生存。可以想见,很多村落的很多人,都是只身进村,设法积累,换得土地,安身立命。兴旺发达者,长成家族树。也有一些人,经受疾病、天灾、祸端,难以立足,从村庄出走或者消失。

一边是希望的生长,一边是落败的惆怅。

2022年,这本书的写作正式开启。以二十四节气及农事活动互为经纬,我力图用乡村生活图景记录下农业中国变迁的缩影,为那些已经消失的还有即将消失的庄稼和耕作方式,留下田野笔记。

我曾在乡间生活到十七八岁才离开,按理,我是熟知农事的人。但是,当我提笔真正写一部关于种田的作品时,却陷入了尴尬。比如农具的使用、物候的把握、作物的特性,我其实并不精通。我幼时漫长的乡村生活,更多只是一个劳动的配角。重回村庄,我要找到老庄农人,他们每个人本身就是一部关于农事劳动的史书。

我给自己定下的目标是一整年的每个节气都在村庄度过。但这是比写作本身更难的事,因为工作原因,我无法抽身在所有的节气都去村里。今天见到的老人,能侃侃而谈庄稼的故事,过两个月再去,他已经离开了人世。

这是一次抢救性的记录。

过去,村落缺乏识文断字之人,村落大都没有文献,只有活态传承的记忆。活态传承,久远的历史无从考证,可靠而具体的历史脉络,多停留在百年之内。人的记忆,在另一个百年到来时,就会被无情地覆没。

这本书关注的时间跨度,集中在1920—2020年的100年内。这100年时间,工业文明对农业社会的改造、商业经济对熟人社会的塑形,达到极致。其间的三代人,分别经历了变局的开端部、延续部、高潮部。变局在三代人身上发生碰撞，有文化的冲突，有文明的冲突。变动的剧烈，微观到具体，更显得天翻地覆。

书中的农民言行、农事劳动、生活观念、理想信念、忧虑担心，既浸透着农耕文明史，又杂糅着应对变局的局促和调适。三代人一百年的农耕纠葛，集合在生的希望、活的艰辛、死的悲凉，一如黄土般沉静凄婉。

立春

新的一年往往要被爆竹声惊醒。那是开门的炮声。

漫长的过年

"大寒到顶点,日后天渐暖。"

大寒之后,春节总会或迟或早地到来。

春节是中国人最隆重的节日,人们从腊月开始就筹备过年,带着深深的期盼。真正的过年,围绕着衣食住行,重复着繁复冗长的风土习俗,每一种沿袭,都深深地浸入乡民的灵魂。

于是,过年成了一种生活方式,成了一种记忆传承。

祭祖

陇西黄土高原的乡村,过年非常看重祭祖,人们总是赋以最隆重的仪式开展祖先崇拜。

春节祭祖，村庄不同姓氏的家族，都会整族出动，各自汇集在一起参与祭拜。比如我的家族，祭祖都在我家。父亲在兄弟之中排行最小，奶奶晚年生活在我家，所以祖宗的牌位也都在我家里。腊月三十的下午，各家人会将准备好的纸张，拿到我家制作纸钱。手头宽裕的买白纸，手头拮据的买粗麻纸。自制纸钱，必须用铁制锐器在折叠好的纸张上打制出半圆形的花纹。后来，粗麻纸不见了，大家更热衷买印刷好的冥币。

村人祭祖，仪式烦琐。大致分为请纸、坐纸、送纸三个环节。所谓"纸"，就是把做好的纸钱，分给每位逝去的人一沓，置放于饭盘中，由族中长幼次序不等的人分别端饭盘，来到巷口，将祖先的灵魂请回屋内。其间要反复跪拜。纸钱作为祖先灵魂依附的载体，有了特殊意义。祭奠过程中的请先人、送先人也被称作请纸和送纸。

坐纸有的家族进行三天，有的家族四天。坐纸期间，每日除了烧香磕头，还要奠酒奠茶、敬献餐食。每日给祖宗祭献完毕，家人才能进食。整个祭祖过程庄严神圣，好似先祖真的来了一次人间。

进入新世纪，所有乡民中，很多人在外地工作或者打工，过年也不能回家，各个家族祭祖的人数严重下降，再也见不到数十人一同参与的热闹场面。我的家族也不例外。再后来，二伯和三伯相继去世，堂兄们都要各自祭奠父亲，家族的祭祀活动变得异常烦琐。去繁就简，家族的所有祭祀都改成了腊月三十上午请进来当夜送走。

祭祖，纸钱化作火光，绵延阴阳两界的情感沟通

乡村的一切物事都有严格的仪轨，老一辈人的生存向来依循着仪轨。改革后的祭祀活动，依然处处彰显长幼次序：大家最先来我家请"老纸"（爷爷一辈及以上所有逝去的祖先）；之后去二伯的儿子家请"二伯"；然后去三伯的儿子家请"三伯"；"送纸"反过来：先送幼再送长。尽可能让最尊重的长者接受更多的祭奠。

我们家族依然联合起来祭祀祖宗，拥有宗族共同体意识。村中类似的同等规模的家族，因为老一辈人的去世，大宗族共同祭祖的形式大都宣告解体，变成各行其是。

早前，正月祭祖期间，村庄还流行互相"拜纸"。各姓男子互相走动、串门,进入对方家中,第一件事先给对方祖先下跪磕头,逝者为大的礼数备受尊崇。这种走动是沟通乡民情感、促进社区融合的纽带。

进入新世纪,"拜纸"习俗日渐减少。即便同族同胞,都减少了走动,更别提外姓人之间的交往。村民的日常闲暇被电视机和智能手机抢占,过年也不例外。很多人瞅着电视机,刷着小视频,一看就是大半晚上,根本懒得再去串门聊天、交流互动。

贴对联

年三十将祖先请进堂屋,敬奉妥当,才能贴对联、贴门神、贴窗花。

早前,乡民中识字的人不多,会写对联的人更少。大家备好红纸,排队在识字人家里写对联,一写就是一下午。当年的粮食或许并没有丰收,但对联必须写得丰庆圆满。尤其粮仓上必须贴"丰"字。有了对联的黄土院落,才会有过年的气氛。不论晴日,还是雪花纷飞,年三十红彤彤的对联,干涸的墨迹浸着毛笔字里寓意的喜庆吉祥,让时空透出一抹抹暖人的温馨,也让祈愿明年生活更美好的愿景坚如磐石。

后来,扫盲运动和义务教育持续推进,村里的文盲越来越少了,但是会写毛笔字的人并未变多。写对联基本成了一项奢侈运动。父亲识字,也爱写字。供桌上摆着先祖的遗像,蜡烛燃烧的火焰闪耀在玻璃镜框里,让相片里的人有了灵气。就着温暖的灯光,父亲在炕桌上摆开架势,一口气能写下五六副对联。就连家中最不起眼的角房子,也要分派一副。裁红纸剩下的边角料,会写上"身居福地""抬头见喜",分别贴于炕头和门口。还有剩下的纸条,会写上"槽头兴旺",送给大牲畜。

大门是一户人家的门面,贴对联也是最讲究的地方。通常,还要给大门配上门神。双扇门,守门的门神总是秦琼、敬德,就是那两位帮助李世民弑兄杀弟夺取皇位的武夫。单扇门,通常会是一位天官。官方对门神的叫法是木版年画。21世纪前,乡村集市出售的门神,大都是手工艺人木刻油印的。再后来,门神变成了机器印刷品。尽管机器印刷品更精致了,但是没了手工艺质朴拙古的灵韵。

贴着贴着,门神不见了。改换成了大福字。福字倒着贴,寓意福到来。贴着贴着,福也不再倒了。年轻人走失的村庄,讲究不再那么严格了。

家中男性贴对联,贴门神的时候,家中女性的任务就是贴窗花。剪窗花是年轻女孩子或者家庭主妇曾经必备的手艺。黄土木屋,窗户装上格子窗栅,或大或小的栅格里,将祥云、飞鸟走兽、吉祥如意字符、农活图景有关的窗花贴进去,年的味道就浓烈地散发出来了。辈辈相传,剪纸曾是民间手到擒来的手艺。

传着传着，家家的窗户变成了玻璃窗，剪纸没了张贴之地。传着传着，大姑娘一个个去了城里，少有人嫁在村庄，剪纸在村里慢慢消失了。

有对联、有窗花，雪在一片一片地落下来。孩童的世界里，还得有新衣服。扯几米"的确良"，为孩子做一套新衣服，是20世纪末期每一个父母最大的心愿。光阴[1]不可靠，心愿只能是空想。农民的苦难与光荣，只在刹那间。好的心态能够抗争风雨，也能够对抗贫瘠。黄土梁子不相信眼泪，但家长都害怕孩子的眼泪。年年没有新衣的童年，也轻易不会落泪，这种人长大了性格也会更倔强。

穿新衣，还要有爆竹。杀猪收拾的猪毛，赶在腊月最繁华的集市卖掉，可以换购一挂一百响的鞭炮。拿回家，拆开了放，隔一会响一声，隔一会响一声，比吃了蜜糖还开心。

年三十是缓慢的，年三十是漫长的。

辞旧迎新，那一夜的灯火格外辉煌，那一夜的欢愉格外绵长。新世纪前的村庄没有电，也不知道春晚为何物。一族人的互动能将整个夜晚搅扰得不得安宁。所有人直到疲惫不堪才会欣欣然睡去。

---

1 意指生活水平。

敬神

新的一年往往要被爆竹声惊醒。

那是开门的炮声。

村庄里起得最早的人,第一个放响炮仗。紧接着,各家各户次第响起炮声。

大年初一开门放炮,是一项民俗,意在祛除邪恶。一年的开头,人们祈求开门见喜、全年平顺。

新年第一天的头等大事,是敬奉神灵。每家每户的户主,都在赶着烧头香。有人来不及吃早饭,就上路了。村庄信仰的神庙在邻村,那是另一个县的地域。因为信仰,附近隶属两县七零八落的村庄,跨越行政界限,自主组合成了一个社,共同信仰同一尊神。每一个烧香拜神的人,无不默默祈祷神灵保佑全家一整年清吉平安,保佑六畜兴旺、五谷丰登。

与祭祖同出古源,敬神的虔诚和意义,同样在于消除人类对于未知世界的困惑及恐惧。

家中还在祭祖,院落不能泼水,意在恭敬祖先。每日的祭献必须认真，用最好的食物做祭品，用最庄重的仪式祭拜。积攒一年的果实，会在这个时刻倾其所有地享用。

年代不同，人们获得的物质条件不同。但过年的饮食必须是当年最佳的状态。史籍文献里，每一个盛世的锦衣玉食，都属于统治阶级。民间的真实状态，少了记载。可以想见，不论王朝盛衰，民间最好的年景无非果腹而已。抛开遥远的历史，仅仅回顾过去半个世纪的变迁，足能在内心划出伤痕。

一代人完整的记忆，基本覆盖着半个世纪的时光。21世纪初的老年人，回忆里盛放的，刚好是20世纪后半期的历史。土地制度的变革，带来了毋庸置疑的新希望，但农业综合产出偏低和供养城市人口的双重压力下，农人的日子并没有得到绝对大的改观。一年四季粗杂粮，过年的日子能吃到白面，就是最大的幸福和美好。那年月，馒头和面条，就是"上好佳"美食。过年前，必须蒸几笼热气腾腾的馒头，珍藏起来慢慢取用。自种的土豆会切成菱形小片、夹杂一些胡萝卜片，自种的包菜会切成丝状。分别汆水，七分熟。置于室外冷冻，整个过年期间随吃随取。杀一头猪，压几架粉，年就丰盛到了极点。

良种、化肥、农药技术在进步，土地的产出比不断增加，农民的日子从微薄走向充足。到了20世纪末期，白面馒头不再是过年的终极追求。筹备过年，还要做很多油饼、麻花等油炸食品。油脂滋润过的面食,脆酥有加,更加适口。蔬菜的种类,也由自种的单一品种变得更加多元。肉类也会更加丰裕。饮食结构丰富,过年特有的氛围也就渐渐变淡了。

耍社火

吃最好的食物,剩下的时光全部用来娱乐。完成祭祖、敬神、走亲访友等规定年俗,荡秋千、玩轮秋,是孩子们最喜欢的项目。这些还不够,还有群体参与演出的社火,最为盛大。

社火来源于古人对土地和火的崇拜。

社,即土地神;火,即火祖,也称火神。农业中国,是土地给了人们立足之本。土地恩赐万物,奠定物质基础。《礼记·祭法》中载:"共工氏之霸九州也,其子曰后土,能平九州,故祀以为社。"火可以熟食、取暖,是人类征服自然、创立文明的显著标志。崇拜土地与火,产生了祭祀社与火的风俗,社火逐渐演化成了规模盛大、内容繁丰的传统民俗娱乐活动。

社火表演南北皆有,特色各异。

中国文明起源于多点散发的"六大文化区系"[2],从文化上升到文明,最终夏商周三代所在的文化区系胜出。有研究推断社火的流行起于宋代。但社火的起源显然脱胎于鬼神祭祀,论源头,必然和夏商周三代有关甚至更早。社火起源地也就很明了。

在周秦故地——关陇地区,表演社火的历史传承绵延不绝。秦汉以来,关陇同俗。关陇地区的传统社火,涉及音乐、舞蹈、曲艺、杂技、武术、戏曲、工艺美术等众多艺术门类。直到现在,关陇乡村每年都会认真隆重地筹办社火会演。

在陇山东麓的陕西陇县,流传着一种血社火。所有参演人员要么心口扎刀,要么头上安铡刀,每一组人物都在经受血淋淋的摧残,场面过于血腥暴力。

在陇山西麓陇中一带,社火表演通常文武兼备。小曲演唱、春官说春属于文戏;五福堂、秦腔选段有武打内容,属于武折。钗鼓是基本的乐器,既能助阵,又能充当伴奏。舞狮耍灯穿插其间,烘托着

---

2 1981年,苏秉琦发表《关于考古学文化的区系类型问题》,把中国大地上的史前文化划分为六大区系:(1)以长城地带为中心、红山文化为代表的北方;(2)以关中豫西晋南为中心、仰韶文化为代表的中原;(3)以洞庭湖和四川盆地为中心、大溪文化为代表的西南;(4)以山东为中心、北辛－大汶口－龙山文化为代表的东方;(5)以太湖为中心、良渚文化为代表的东南;(6)以鄱阳湖—珠江三角洲一线为主轴、石峡文化为代表的南方地区。

热闹而狂野的氛围。

小曲演唱,从全村挑选声音尖细、声调接近的男子三五人组团承担。每人手持自制"唰啦"(两块木条呈三角形,由竹棍固定,竹棍上置入麻钱,上下抖动,麻钱发出唰啦之声,故名唰啦)伴奏。男子演唱时,组配相同数量"旦娃子"伴舞,穿插排列,形成圆圈,舞动圈转。"旦娃"全由女孩子经过简单化妆装扮而成,每人配备一只小巧的圆形或多角形灯笼。灯笼四周贴上纯白纸,白纸上裱糊各自惟妙惟肖的剪纸作品。"旦娃"手提灯笼,甩臂载舞,模样娇俏。

小曲也叫花秧歌。1990年代初,村中有四五个男人声调接近,他们组成的小曲演唱天团,合唱小曲《摘椒》《摆嫁妆》《十二月》《牧牛》,在四邻八乡的社火会演中,总能拔得头筹。

《五福堂》是每个村庄筹办社火必备项目。天官、寿星、刘海、黑虎爷、龙官爷分别由五人扮演,组成《五福堂》。天官承担保佑地方、祛除邪恶的责任;寿星向大家赐福;刘海给大家撒金钱;黑虎爷、龙官爷做开路先锋,护佑天官出行。

表演时,地上摆一张桌子,两员武将各着黑红戏服,身扛护背旗,手执重鞭,鞭打手舞,报出身份,然后跃过桌子,立于两边,算是完成了开路。紧接着,天官出场,登上桌子。寿星、刘海也各自出场分别报上家门。

天官：吾在九重坐天官，常在玉帝宝殿前，世人积德阴功满，
　　　天官赐福降临凡，吾乃天官是也。
寿星：吾乃寿星老祖。
刘海：活财神赤脚大仙刘海。

天官代表着人无法认知的世界，代表着最高的权力。天官唱词丰富，借天界向人世宣扬价值观。听者多有敬畏。寿星嘴说各种福利，让高原土场似乎变得不再瘠薄。刘海头戴草帽、身着破衣的"赤脚大仙"打扮，惹得众人捧腹大笑。他撒出满把纸钱，更把气氛搅动得异常活泼。

《五福堂》改编自《天官赐福》[3]。《五福堂》村村社火队都要筹备训练，但在众多村庄的社火会演中，只能出演一次，而且安排在一开始。十来家社火会演的时候，由谁出演《五福堂》，全由做东的村庄决定。东家点谁谁上演。

《下河东》《六郎祭旗》《薛刚大闹姬家山》等经典秦腔剧目的选段，被切割排练进入社火节目，武打场面增强了社火的看点。

春官说春是社火会演中，社火队相互之间以文互动的经典场面。我

3　"天官赐福"，语出《梁元帝旨要》："上元为天官司赐福之辰；中元为地官赦罪之辰；下元为解厄之辰。"后来道教又以上元天官正月十五日生，中元地官七月十五日生，下元水官十月十五日生。明刻《三教搜神大全》卷一"三元大帝"载："上元一品天官赐福紫微帝群，正月十五日诞辰。"

的村庄处在渭河支流的支流，交往互动较多的临近村庄，以同属于同一小河流的流域而选定。由于地理环境恶劣和区位优势欠缺，历史上鲜有识文断字之人。故而社火红火的年月，也未能产生"春官"。我母亲成长的村庄在战国秦长城脚下的一个小盆地，地势相对开阔，农业发展和人群互动明显优越，他们村庄的社火一直都有"春官"。姥爷就曾经当过村里社火队的"春官"。

"春官"，必须知识丰富，口才好，能说会道、能言善辩，唱词说辞都是临场发挥确定。关键时刻，要互相驳斥。这也是社火中最好看的环节，会演开场中场都可以选择辩论。会演完毕，离开时"春官"往往会用花言巧语答谢做东的村庄。

小伙子会组成舞灯队，人员可多可少。每人扎制一盏可举呈的高约一米的灯笼，有弧形、有多角形，形态各异。每盏灯都会请画师进行彩绘。图案有花鸟鱼虫、有山水风光、有人物故事。内置煤油灯盏，能持续照明。舞灯时，小伙排成长队，个个啸叫着，脚底如踩风火轮，手臂好似蛇点头。灯笼上下翻飞、左右游动，灯阵犹如巨龙翻腾。舞灯队所到之处，土雾烟飞，观者唯恐躲之不及。

尤其十数个社火队奔赴一个村庄时，暗夜中的山峦不时浮出灯影。星星点点首尾连缀，像一字长蛇阵。根据来路，做东的头人就能判断某村某队。

社火会演，如同万国朝会。每个社火队都有各自的头人，负责迎来送往。每个社火队都有自己的把总，负责节目的编排和演出时的调度。做东的村庄将所有社火队迎进来之后，安排餐食，然后开始会演。《五福堂》演完之后，各队轮流出场，节目内容文武轮替。

作为农民的自娱活动，民间社火一度流行广泛。通常，完成祭祖之后，乡民可以腾出时间，从初五或者初六开始排练社火。初九就开始奔赴各村参加会演，到了正月十五元宵节，正是演出的高潮阶段，所有会演一直会持续到正月十八左右才能完成。

庆祝丰收、祈求神灵，农民自娱自演自乐，乡村社火的特点主要在野性。地广人稀的乡野，舞起来的脚步，响起来的锣鼓，都带着田野不受约束的风气。

社火与鬼神祭祀深度关联。某一年要不要耍社火，基本都要去庙里"问"一下，如果神同意，就耍，神不同意，就不耍。神的旨意，通过凡人抽签获得。当然，有时候，也会有神灵附人体的情况。就像太平天国东王杨秀清托天父、西王萧朝贵托天兄，分别向天王洪秀全下达旨意，向信众晓谕神示一样。1990年代初期的一年，村庄的社火演出完毕时，有本地人突然提出了分化村庄共同体的建议，另有反对者突然神灵附体，表示反对。一场内斗持续到天亮才结束。

从此村庄再无社火。

曾经组织社火的那一代人，识字的没几个，但他们传承了古老的经典。头人中有一位早年上过私塾的长者，是村庄社火组织的关键人物，每年春节他都会穿着长衫活动：敬神、祭祖、拜纸、组织社火，他以孔儒面目自居。他的孙子深受熏陶，懂得一些戏文片段。

有一年，我们一群孩子在长衫长者孙子的带领下，密谋一番，决定偷出钹鼓先敲打起来，逼迫村中头人筹办社火。没想到，钹鼓被偷出来响了不过三分钟，保管钹鼓的人就追了出来，一顿喊打，我们作鸟兽散。村中老人碍于那次分化斗争牵扯到了神灵，再无人敢提及筹办社火。

村庄没有社火，过年就没了灵魂。

社火结束的时候，泥土开始苏醒，大地准备解冻，新的节气即将到来。欢愉之后的农人，要迎接新的艰苦。

载歌载舞、秧歌社火、秦腔大戏,漫着黄土地苍凉气息的娱乐活动,一直进行到雨水节气时,不得不停下节奏。

积肥

雨水。

中国南部,已是春雨绵绵送春归。

而在西北高原,依然冰天寒地。

二十四节气的起源地黄河流域,因海拔落差,上中下游之间也有着巨大的气候差异。

在中国三阶地理结构中,处在第二阶位的区域,四季气候变化的进度,最接近二十四节气。陇西黄土高原处在中国三阶地理结构最高阶位青藏高原与第二阶位黄土高原的接壤过渡地带,高寒是这一区域一年之中最常见的面孔。雨水节气到来时,陇西高原上的农人还得裹着厚厚的棉衣,迎接大雪纷飞,每天的行踪难免踩着咯吱作响的雪径。

冒风雪、顶严寒,是每个西北农人要面对的冬天日常。不过,没有

撒粪的农妇,有机肥是补充地力最原始、最环保的办法

重大劳作,人的心情总归是舒展的,行动完全是自由的。休闲放松的过年模式,从小寒、大寒持续到立春,才进入高潮阶段。载歌载舞、秧歌社火、秦腔大戏,浸着黄土地苍凉气息的娱乐活动,一直进行到雨水节气时,不得不停下节奏。

在《四民月令》中,有"农事未起,命成童以上入大学,学五经……砚冰释,命幼童入小学,学篇章"[1]的记载。作者崔寔是东汉官员,作为士大夫阶层,他对下一代入仕极度重视。这一传统实际上一直延续到了今世。我小的时候,政府想方设法让农村孩子都

---

[1] (汉)崔寔撰,石声汉校注:《四民月令校注》,中华书局,2013年,第9页。

读书,但也有倔强的老农,坚决认为种田比读书更重要,会让孩子远离校门。至于女孩子的命运就更差了,当地 70 后乡村出生的女孩子,读过书的寥寥无几。

"过了惊蛰不驻牛。"

这是陇西黄土高原流传千百年的农谚。

惊蛰是高原上开展农业生产的号令,从入冬以来处于蛰伏状态的农人,必须赶在惊蛰到来前筹备好一切春耕备耕工作。雨水距离惊蛰只有 15 天时间,此时,闲不住的勤快农人带头做起了搬粪的活计。

经历一个冬天的积累,每户农家的大牲畜圈里,都攒起了厚厚一层粪肥。毛驴、黄牛、骡马食量大,是攒粪的高手。绵羊矮小,但成群饲养数量多,日积月累,同样会让圈舍堆积出一层厚厚的羊粪。从不同的圈舍里,挖出板结如石块的粪坨,一车车拉运到场院宽阔处。再用桲子[2]仔细击打,然后用铁锹将击打过的粪末堆积起来,一个圆锥体粪堆就形成了。向圆锥体不断堆积,细碎的粉末坐于锥体,鸡蛋大小的颗粒不断滚落到圆锥底部。滚下来的颗粒,再进行二次击打,直到全部变成粉末,壮大到锥体。

2　击打胡坯、土坷垃的专用农具,当地方言读 pao。制作时在一米五左右长的木棍一端,横向安装一段 50 厘米长、直径 15 厘米左右的较粗木槌,呈 T 字结构。

粪块较少，有铁锹、有枊子，就能完成搬粪任务。一旦粪料过多，枊子也奈何不了。此时，还得借助礋。块状的、颗粒状的粪料，全部堆在粪堆周围。牛拉动，人站在礋上加重力量，围绕粪堆转圈。经历反复礋压，粪块和颗粒逐渐变得细碎起来。一边礋，一边将细末铲起来摔向堆体。粉末堆积，块状物继续滚落。如此反复，所有的粪料全部粉碎成细末才算完成工作。即使有颗粒，个头也不能超过大拇指。

搬粪的农活，两三人过于吃力。四五人最为适宜。家庭人口庞大的，可以全家出动。人口过少的，还得请帮工。劳作两三日，家家都能堆出一个两人多高的大粪堆。

搬粪，搬碎的不全是粪，而是土粪尿结合的板结体。这个板结体，也叫厩肥。这是当地农民用墐[3]圈的办法形成的特殊创造。

毛驴在圈内排泄，粪便堆积，再有尿液搅和，漉沥不堪，这样的环境十分不友好。拉来干燥的纯黄土，向圈内铺撒一层，立马变得干燥起来。接着，毛驴继续排泄。隔几日，农人再铺一层土。这个过程，就叫墐圈。

墐圈，一来为了保护动物，给动物创造良好的生存空间。湿滑滴沥的环境，动物一旦卧倒休息，必然会十分难受。纯黄土墐干圈舍，

3　将湿溺、濡潮之地变干燥。当地方言读 chan。

小河沟曾是黄土高原畜物饮用水源地，2020年，小河彻底干涸

动物的活动场所会变得舒服一些。另外，墐圈还有一个大目的，可以为庄稼积肥。一层粪尿、一层黄土，再经过动物踩踏，形成坚固的板结，也构成了深度的质化。经过堆沤腐熟后，有机质、速效养分含量大大提升。

以今天现代人的眼光看，这是一项肮脏恶心的劳动。在大型养殖场，动物粪便的清理必然是以及时为要。而陇西黄土高原农牧兼业的小农家庭，一直是这样养殖动物的。及时清理粪便，拉运到田地进行覆埋，发酵后用作肥料，完全是可行的办法。如果农活紧张，人根本没有充裕的时间这么做。特别是冬三月，雪封路滑，农人碍于运输艰难，大都要采取墐圈的办法。

20世纪，农人墡圈是每日必做的功课。墡圈选择的黄土，必须干燥，必须纯正。一般挖取地下土层为最佳。我刚记事的1980年代中期，一户人家的壮年家长，就因为挖取墡圈土时，土崖坍塌，丧生了。他在几年前，随同生产队的手扶拖拉机拉运木料时，经历过翻车。别人死了，他活下来了。人们都说他命大，但是他又在另一项看似没有危险性的劳动中失去了性命。

搬好的粪，山一样堆着，需要快速地运送到地头。早年的山村，没有像样的农路，运输方式只有肩扛背驮。毛驴、骡子、背架鞍子，鞍卜装置背篼，一趟接一趟运送。肥料被均匀分配到七沟八梁的地块里。运到地里的肥料，要及时用土覆埋封锁，以免风干和跑肥。

借助畜力，能将人大大地解放。农业合作社时期，生产队牲畜不旺，每年送粪时节，还得人工上阵。担粪是挣取工分的劳作之一。集体化劳动，总有担粪青年要设法偷懒，多一些休息，少一些重量。再后来，有了架子车，套上大牲口挽车，运输更为省力。

山高路陡，送肥的工作，总得一周或者十天左右才能完成。

后来，公社提倡净粪上山。所有的人畜粪尿直接被运到田地里，用干土墡在田地里进行沤制。待到春播时人去地里搬粪。这样，运输成本减少了一半。

庄稼一枝花，全靠肥当家。

"田，二岁不起稼，则一岁休之。"[4] 如果没有粪肥调整土壤中营养物质的供应，则只有让土地在休息中恢复地力。故而没有肥料，土地长不出像样的庄稼。

除了人粪尿、大牲畜的粪便可以做肥料，生火做饭和烧炕产生的草木灰，也是上好的肥料。还有经年累月烧过的土炕，打碎了也是肥料。谁家砸了土炕做新炕，炕土会一粒不剩地运到地里。发现炕土肥料功能的人，必然是个心细的农民。或许，他的一次无意识的尝试，新增了一条种田积肥的经验。

农业合作社时期，为了响应上级增产促收的号召，生产队长根据炕土能增肥的教条，下令将地主的院墙挖倒了一半，敲碎后运到地里当肥料。院墙只是板结的土质，其实肥力远不及炕土。直到改革开放后，生产队解体，地主家被没收充公的院落，重新归还给了地主后代，地主的后人又补齐了被破坏的院墙。

老农并不清楚土肥的化学成分，以及它们对应土壤的关系。他们沿用千百年的经验，一直指导着他们缓慢而沉重的种植方法。

---

[4] 石声汉：《氾胜之书今释》，中华书局，2021年，第15页。

中国古代农业的要旨,就在积肥施肥。粪土是农业生产的核心问题。

《氾胜之书》"区种法"说:"汤有旱灾,伊尹作为'区田'教民粪种,负水浇稼。"[5]另外,还说用骨汁粪汁浸泡搅拌种子,"以区种之。大旱,浇之。其收至亩百石以上,十倍于后稷"[6]。

汤时,宰相亲自研究种田之法,可见古人将解决吃饭问题置于何等重要的位置啊!

"区种法"的关键,在于粪肥为庄稼撑腰,即使坏田也能长出好庄稼,"区田,以粪气为美,非必须良田也。诸山陵,近邑高危倾坂,及丘城上,皆可为区田"[7]。

氾胜之在论说"区种"粟时还把粪直接称作美粪,"区:种粟二十粒;美粪一升,合土和之。亩,用种二升。秋收,区别三升粟,亩收百斛"[8]。

按他的说法,用类似园艺培育一样精细的"区种"技法种粟,只要肥料足够多,保准丰收。

---

5 石声汉:《氾胜之书今释》,中华书局,2021年,第56页。
6 同上书,第23页。
7 同上书,第56页。
8 同上书,第65页。

古堡：村庄最古老的建筑，见证了一代接一代人的荣辱兴衰

包产到户年代，人人种地为自己，农民更是惜粪如金。山村缺水，大牲畜每日中午和晚上都要赶到河沟去饮水。这个过程，总有毛驴要排泄。豢养大牲口少，人勤快的，会借这个机会拾粪。日积月累，也能积攒一些肥料。

父亲爱学习，曾被选为科技带头人，到县农业部门接受科学种田培训。他曾经认真记录的课堂笔记里，有"人畜粪尿年排泄量和折算化肥量"的详细对比表，人畜粪尿被折算成氮磷钾的准确分量。

其时，乡民依然按照老办法种田，只会拼命积攒粪肥。化肥作为工业产物，农民大都毫无认知。据说公社快解体前，曾为生产队送来了一些磷肥，由于认识不足，堆在路边放了很久，直到板结成石块，也没有上到地里去。

人畜粪尿能换算成氮磷钾，炕土、草木灰也一样。炕土经过长期烧制，含有一定量的速效氮成分，对小麦、糜谷增产效果良好；而草木灰含钾丰富，对洋芋增产明显。

培训归来，父亲大胆尝试了化肥种田。他花费大把银子买来氮磷钾肥，施于土地。发小甚为不解："弄两个钱不容易，你给地里埋钱干啥？"

众人眼中，父亲成了一个不务正业、违反常规的人，遭到了诸多讥讽。

一年下来，父亲的麦穗果真比别人的长。他的发小们心底里暗自羡慕，但明面上依然不服气。背地里，也偷偷用起了化肥。慢慢地，乡民开始大面积尝试化肥种田，明显的增产效果也促使大家逐渐接受了化肥。发展到后来，农民个个都是无化肥不种田。

2023年1月，新加坡《联合早报》刊登文章称：欧洲科学家有重大发现，宣称人类粪便可以用来当化肥种蔬菜，并且安全性高。据说，这项发明还在欧洲引起了不小的反响。但这消息把中国人逗笑了。即使不种菜的城里人，也会反问，难道这不是常识吗？

中国是一个古老的农业大国，施用粪肥的技巧，中国先民很早就已掌握了。《说苑·建本》载："孟子曰：人知粪其田，莫知粪其心。粪田莫过利苗得谷，粪心易行而得其所欲。"孟子用粪肥田作比喻讲道理，至少证明其时农民已经熟练掌握这项技能。

化肥用久了，粪肥已经变得可有可无。

春节假期结束，离开村庄时，村里的一位养殖户正在用农用三轮车向地里送粪。他拉到地里的是原生态牛粪，没有做任何沤制。倒在地里也懒得用土掩埋，不怕风吹日晒雨淋，不怕肥力流失。他家里养了20头牛，隔三岔五就要清理一次牛粪。于他，再无惜粪的必要。

这是发生在2023年的良性循环链——有充裕的牛群，土地不缺粪肥；土地能种出丰收的玉米，牛不缺饲料。这样一个可持续的良性循环，早前从无建立，而是一直运行在相反的恶性循环里。

化肥与粪肥到底谁更安全，说法不一而足。人对一件事物的适应，必得经历漫长的驯化过程。欧洲人发现粪肥比化肥安全性更高，其实大可不必笑话，或许人家只是工业化过于彻底，忘记了传统。毕竟，农业中国的嬗变，也有这个趋势。

惊蛰

高寒的气候环境，沟沟岔岔的黄土梁子，最先下种的作物，总是小扁豆。

开犁

惊蛰，寓意大地解冻，蛰伏的虫儿该惊醒了。

春雷初动，大地微萌，甘洌的空气中开始浮动清新的泥土味道。万物即将迎来复苏醒发。

世代靠天吃饭的村庄，农人总是比虫子更敏感。时序轮换、物候运转，农人了如指掌。哪一天适合播种，他们的判断从来都很精准。

黄土高原，中国旱作农业的起源地。

二驴拉犁，铁铧铲开地表，露出潮湿的土壤；一人紧跟，胸前挎篮子，装籽种，伴随步履，匀称地撒籽入沟；另一人依然紧跟，胸前挎粪斗，用撮勺将粪肥均匀铺入地沟。这种沟播技术，在高原上绵延了数千年，形成了悠久的农耕历史。

依着沟渠，来回播种。犁铧蹚开新沟，翻开的新土，将前一沟渠的籽种和粪肥完全覆盖。种子被埋在松软潮湿的土壤里，还有粪肥的陪伴，即将进入幸福而美妙的时刻。如果有适宜的气候，地表保持恒温，种子将在温床般的环境里，快速地孕育伟大的新生命。

这是大地的奥秘，也是大地的本能，更是春天的意义。

这是亘古漫长的时光累积而成的自然机制，这奥秘经由人类发现，演变出了一场历经万年的农业革命。

整整一万年，这革命在大地上持续着。

高原村落的农耕传习，全部围绕着这项生命的孕育机制。在人力可以调控的范围内，人们费尽心机地付出热望和期盼。在人力无法抵达的境地，人最终仰赖天命。比如干旱少雨，人无法左右天变，一切只能交给天。这是知天命、起敬畏的源头，也是天地和合、万物归一的造化。

光、热、湿，没有哪一样不依靠天。天数之外，人能做的，就是给作物喂上足够的粪肥。

从开春的时候，粪肥已经准备到位。搬好的粪肥被车拉驴驮，运送到即将开播的地块里。送肥入地，是春播最核心的准备工作。从正月十五过完年，这项工作就已经开启了。

农人希望每一株庄稼都长成花朵，他们从事的耕种堪比园艺。铺粪，就是高原上的农人发明的将粪肥均匀施喂给庄稼并发挥最大效益的办法。这套配合沟播技术的做法，有一整套操作体系。

所有运到地头的粪肥，为了避免风干、丧失肥力，都要堆在一处用黄土严密封裹。下种前一天下午，农人才将粪肥均匀分散到地块里，以便于播种时铺粪。为了完成散粪的步骤，农人要在地块里做出均匀的粪底。从地边纵向往里走6步，标出位置。从地边横向走15步，交合位置便是第一个粪底。第一个粪底横向再走30步，便是第二个粪底。依次类推，到地块另一端，再确定15步位置做最后一个粪底。

纵6步，横30步，地块边侧15步。地块大小不同，纵横边侧适度增减，基本按这个步数，就能确定整齐划一的粪底点位。每一个粪底用枹子推平，脚底踏瓷实，就可以将粪肥拉过来堆在粪底位置了。散粪，必须在种田的当天或者前一天。过早容易干，过晚来不及。前一天下午散粪最为适宜。

农人依据这些分布均匀的临时堆粪点位，可以准确测量田亩数值。6个粪一亩，15个粪一坰，一坰等于两亩半。根据粪底，下籽种，下化肥，可以成为均匀的参照系。

高寒的气候环境，沟沟岔岔的黄土梁子，最先下种的作物，总是小扁豆。

播种季节,草木之绿依然微弱。役畜退出,微耕机登场,播种效率提升了,人还是很吃力

小扁豆，学名兵豆。又名滨豆、鸡眼豆。这是一种粮食和绿肥兼用作物，起源于亚洲西南部和地中海东部地区，约在青铜器时代传布到欧亚区域。世界上约有 40 个国家栽培小扁豆，亚洲产量最大。在中国，除了甘肃、陕西、内蒙古等西北省份，华北和西南省份也广泛种植小扁豆。

豆类作物有丰富的根瘤菌，氮元素充足，小扁豆也不例外。种植小扁豆，是麦类和豆类作物倒茬的好办法。小扁豆是一种耐瘠薄的作物，通常种在秋田地，比如种过糜子、谷子的地块。秋田收获后，都不再翻耕，经历一个冬天的腐化，再加上雪水的浸润，已不再坚硬。惊蛰一过，气温上升，地表松动，只要有略微潮湿的墒情，小扁豆就能浅浅地种进去。

小扁豆下籽，一个粪 2 斤，一亩 12 斤，一垧 30 斤。但一垧土地的小扁豆，收成通常在 150 斤。遇到大旱，一垧土地有可能只收 100 斤。30 斤种子加漫长的劳动，只获得 70 斤收益，如果种田是生意，这显然不是一笔划算的生意，农人早都亏掉了裤头。可惜，种田是农民的宿命，不论丰歉都得种。

小扁豆也有丰收的时候。雨水特别好的话，一垧土地收获 300 斤也有可能。不过，这种情况绝对不是常态，是多年才能遇到一次的好事。

小扁豆植株低矮，通常只有 10—50 厘米，根系不甚发达，适宜陡地种植，也比较耐旱。如果雨水过多，只会长秆茎，不结籽，绝收。如果雨水特别多，秆茎还会发灰。变质发灰的秆茎收割后，做饲料驴都不吃。

种植小扁豆不全是为了倒茬。小扁豆富含蛋白质，是制作各类食物的上好原料。小扁豆面和豌豆面一样，当地人都称作杂面，可以制作懒疙瘩、面鱼、搅团、馓饭，这些搭配浆水的杂粮饭，曾一度是陇中乡野的家常便饭。

"懒疙瘩"是用杂粮面和成较稀的面团，放在铲锅刀上，用筷子一边削成小疙瘩，一边跌入沸腾的锅中，煮熟了加酸菜食用；"面鱼"的做法是和好的面不断洗浆，将面浆熬制成面糊倒入笼屉，用铲子挤压，跌入笼屉下面的凉水盆，形似小鱼，拌佐料浇浆水，夏日食用清凉爽口；"搅团"则是锅中烧水，一边撒入杂粮面，一边搅动，成面糊，微凉后用勺子挖入浆水汤食用；"馓饭"与搅团的制作同法，趁热舀入碗中，上面盛酸菜、辣椒、咸菜，筷子刮食，滚烫暖胃，能驱冬寒。

小扁豆面粉能做面食，还可以制作凉粉、粉条。扁豆面做成的粉条，韧性强，成丝细。很多人只有过年才能吃到。古时地主开粉坊，专做扁豆粉条售卖。直到20世纪后半期，扁豆粉条才被洋芋粉条代替。

小扁豆还能做豆芽菜。淘洗，温水浸泡，发芽至1厘米，解除温控,豆芽菜就成型了。过年的时候,发一瓦罐,可以炒菜吃,可以做面食时混合吃。

村庄适宜农业种植,但又十年九旱,久而久之,形成了五谷均种植的农业生产格局。五谷齐全,保障了饮食结构的丰富性。最适口的小麦在高原上难有较高产量,杂粮在漫长的农业社会里,承担了口粮重任。各类作物收获归仓,磨成面粉食用时等级鲜明:白面居首;扁豆面、豌豆面次之;谷面、糜面更次。

尽管各种粮食很难丰产,不过以现代饮食学衡量,村庄的这种种植结构,保障了食物的多样性和营养的丰富性。

1960年代,公社干部驻村,村民用扁豆面做"搅团",干部顿顿吃,吃腻了。弱弱地问:"又是搅团吗?"

彼时的基层干部下乡驻村,每顿饭必须给农户两毛钱加半斤粮票。农户没有白面,糜谷面又太差,用中等偏好的扁豆面做"搅团",干部还嫌不好。真是难为了农民,可怜了干部。

那年月,吃了群众一顿饭不付钱,等于犯错误,一旦消息传出去,会受到严厉批判。后来,这个规矩慢慢变松懈了,干部进村吃饭不再提粮票,大都白吃白喝。遇上指导大干水利的任务,驻村干部还要吃鸡。农户背地里指责干部是"吃鸡狼"。再后来,粮票饭票消

种田去

失了,催粮要款的任务加重了,干群关系也越走越远了。

小麦产量提升以后,扁豆不再充当口粮重任。人们对小扁豆的种植也逐渐减少。1990年代之后,小扁豆的价格逐渐变高,到了21世纪头一个十年,达到了每斤3元左右的高价。到了2020年左右,一斤更达到了5元左右。可惜,因为产量过低,此时,村庄种植小扁豆的人已经凤毛麟角。

总体而言,扁豆面比豌豆面好吃,豌豆面吃起来味道冲,而扁豆面更绵柔,更适口。小扁豆放一年会变红,或许这也是有些地方将其称作红扁豆的原因。变红的扁豆加工成面粉,吃起来口感会大大降低。

种完一季小扁豆,农民的春播劳作就真正拉开了序幕。

作为万年农业原生地,中国从来都高度重视农耕。古代中国,更有皇帝亲自扶犁启耕的仪式。《礼记·月令》[1]记载:"(孟春之月)天子乃以元日祈谷于上帝。乃择元辰,天子亲载耒耜,措之参保介之御间,率三公、九卿、诸侯、大夫,躬耕帝籍。天子三推,三公五推,卿诸侯九推。"

天子三推,三公五推,卿侯九推。这段记载没有说清楚,到底是哪个朝代,哪位天子做了表率。到了汉代,相关的记载完全具名化。《汉书·食杂志》有"上感谊言,始开籍田,躬耕以劝百姓"的记载。这指的是倡导"与民休息",开启了"文景之治"的汉文帝。他听取贾谊的建议,亲自耕种,引来百姓围观。

从此以后,皇帝亲耕,成为祖制,这一传统一直延续至清代。皇帝亲耕,为全国重视农耕作表率,更彰显了其体恤百姓、亲近自然的良好形象。

在高原上的村庄,人们同样流传着开播的仪式。在大地点燃香烛,向土地神祈求风调雨顺。为驴马牛披红挂彩,寓意康健吉祥。第一

---

[1] 有人说为战国时作品,有人认为是两汉人杂凑撰集的一部儒家书。《吕氏春秋》《淮南子》均有记载。民间《四民月令》则是参照该体裁所撰的农业作品。

犁在爆竹声中拉开，一年之计在于春的祥瑞便真正开启。各类五谷杂粮一轮接着一轮，被点播到大地上。

中国农业，起源于黄土区域的旱作农业。在各类农书中，反复叙述过一种古老的种田方式——区种法[2]，这种种法，"以粪气为美，非必须良田也。诸山陵近邑高危倾阪及丘城上，皆可为区田"[3]。这种开挖壕沟，堆出田垄的办法，时至今日，依然在广泛应用。

在我的村庄里，村人最拿手的耕种方式，依然是沟播法。这是前人周而复始、绵延不断的种植技术，经历了漫长的农业社会。但这种播种法，随着化肥为代表的工业力量的渗透，也发生了改变。撒播，机械化播种，已渐渐取代了繁重的人力劳作。

---

2 "以亩为率，令一亩之地，长十八丈，广四丈八尺；当横分十八丈作十五町；町间分十四道，以通人行，道广一尺五寸；町皆广一丈五寸，长四丈八尺。尺直横凿町作沟，沟一尺，深亦一尺。积壤于沟间，相去亦一尺。尝悉以一尺地积壤，不相受，令弘作二尺地以积壤。"见石声汉：《氾胜之书今释》，中华书局，2021年，第59页。

3 同上书，第56页。

春分

不论多么缺雨,庄稼还得种。哪怕冒险,农人也不能放过春分时节的种麦季。

种麦季

节气到春分时,陇西高原十分渴望水分。雪也行,雨更好。

降雨量在陇西高原的分配,与这一带的植被息息相关。雨水的多寡,又直接影响了植被的繁弱。从秦岭渭河与陇山夹角区域向西北扩展,拉升的距离在山川梁峁延展,海拔也呈现出逐渐抬升的趋势。直线距离百公里,就会有明显不同的气候特征。同一时刻,靠近秦岭陇山的渭河南岸区域,或许正是浓云大雨,而西北之北沟壑纵横的大地之上,或许却是残云衰雨,甚至有可能日朗天高。

渭河几乎成了一条降雨分布线,南岸葱郁,北部荒凉。

过度垦殖,使渭北高原日甚一日地由干旱走向更干旱。

陇西高原春夏多雨的年份,秋冬降雨明显会少。春夏少雨的话,秋冬明显会多降雨。如果一年四季降雨偏多,那真是一个求之不得的好年份。不过,情况不会乐观到年平均降雨量超过400毫米。

很可惜，农人望眼欲穿，也很难盼到雨水。冬日原本蓄水微弱的冻土，在完成消弭的过程中，已经基本风干了。春分前后，冷空气偶尔会带来一点飞雪：薄如棉花加工坊周边的残绒，轻如初夏荫柳散失的柳絮。

不论多么缺雨，庄稼还得种。哪怕冒险，农人也不能放过春分时节的种麦季。

旋麦

小麦是紧接着小扁豆下种的作物。

高原村落对于小麦既爱又恨。爱它的珍贵，其粉滑如凝脂，加工食物可塑性强，食用起来适口性好。恨它的娇贵，对气候条件要求高，产量过低。于是，高原村落里既重视小麦的种植，又不能完全仰仗小麦。麦子占三分之一、秋田占三分之一、豆类占三分之一，这种"三三制"，是最合理的种植结构，农人户户家家都在遵循。

村落在渭北高原，世代旱作农业。麦子的出现，并没有彻底改观和提升人们的口福。

《史记》和《资治通鉴》都说陇西高原是"畜牧为天下饶"的区域。司马迁多次跟随汉武帝出差到过陇山周边，他的记录必然真实可

柳树探芽,大地苏醒,种麦季到了

信。秦汉时期的陇西高原,农耕区域必然少之又少。小麦在河西、陇右这两个游牧区域,应该是跳跃式跨向东方的。至于司马光,在宋王朝疆域羸弱的背景下,压根没有到过陇右,他所谓陇右"畜牧为天下饶",大抵是"二传手信息",可信度要大打折扣。王韶"开边熙河"时,为了设置市易司,以求商贾之利,将经商所得拿来治理农田。他曾向皇帝上报:"渭源到秦州一带,良田弃置无人耕种的有上万顷。"宋神宗派人核查,荒田属于谎报。这条史料从侧面证明其时的渭河流域农耕已经比较发达,但是否种植小麦难以考据。

小麦是新石器时代的人类对其野生祖先进行驯化的产物,栽培历史已有万年以上。中亚的广大地区,曾在史前原始社会居民点上发掘出许多残留的实物,其中包括野生和栽培的小麦小穗、籽粒、炭化麦粒、麦穗和麦粒在硬泥上的印痕。

关于小麦在中国的种植，有三类观点：本土起源说、西亚传入说和"目前尚不能下结论"说。其中，小麦来自西亚之说最为有力。从文字的渊源到文献的考证，再到考古资料的分析，何炳棣有深入细致的推断："小麦是西南亚、地中海东部多雨区的原生植物，可能于史前晚期传入华北，最迟于盘庚迁殷以前已传入华北。"[1]

中国古文献中，关于麦的记载比较多，《逸周书》云："麦居东方"；《范子计然》曰："东方多麦"；《黄帝内经·素问》云："东方青色，其谷麦"；《淮南子·地形》云："东方川谷之所注……宜麦"。

这些文献都在强调，麦出东方。中国东方平原近海，降雨量充足，种麦显然更适宜。

除了文献，考古是论说历史最好的证据。何炳棣考察小麦渊源的时代，相关考古资料并不多。他主要依据的是1955年安徽博物馆在亳县东乡钓鱼台古文化遗址的考古成果。该遗址中一件陶鬲内，发现了大量碳化麦粒。这个遗址中发现的黑陶与龙山文化中发现的黑陶完全相同，便被归类于龙山文化，麦粒也属于龙山时期。小麦育种学家金善宝教授据此鉴定，4000余年前，淮北平原已有小麦的培植。

---

[1] 何炳棣：《黄土与中国农业的起源》，香港中文大学出版社，1969年，第166页。

我们惯常的思维，会认为小麦西来的传播路线，必然是先西域后河西，再陇右，然后才能翻过陇山抵达关中进而弥漫至整个华北平原的黄土区域。但学者宋亦萧另辟蹊径，依据"麦多在东方"的文献和众多的考古发现，提出小麦的传播主要在两个区位发端："这两地是甘陕地区和山东地区。进入时间分别是距今 5000—4500 年和距今 4600—4300 年，前者属中国考古学上的仰韶时代末期，后者处于中国考古学上的龙山时代。"[2]

宋亦萧考察小麦的时代，小麦的考古资料远比何炳棣时期多。根据测定，属于夏商周时期的小麦遗存，山东地区已发现 4 处，分别是山东济南大辛庄、济南唐冶、滕州孟庄、济南张沟；中原地区已发现 7 处，与龙山时代相比有大幅度增加，分别是河南新密新砦、洛阳皂角树、偃师二里头、登封王城岗、偃师商城、安阳殷墟、安徽亳县钓鱼台；西北地区也发现 7 处，分别是新疆若羌小河、若羌古墓沟、巴里坤东黑沟、兰州湾子、石人子乡、青海互助丰台、西藏贡嘎昌果沟。

考古资料作为证据支撑某个单一或者具体论点时，有极强的说服力。但以现世的个别考古点位的考古资料完成对系统性、全局性的历史分期判断，往往难免失之偏颇。毕竟，大地之下掩埋了太多秘密，人类已经挖开地表并展开研究的遗址，只是"沧海一粟"。故

---

2 宋亦萧：《小麦最先入华的两地点考论》，见《华夏考古》2016 年第 2 期，第 31—38 页。

而根据考古资料断定小麦在中国的传播主要由陕甘和山东两个地区开启，似乎说服力还不是很充分。

殷商甲骨卜辞说："月一正，日食麦。"《礼记·月令》也说："孟春之月，食麦与羊。"古人的世界，麦面稀缺，不常食。

先秦时代，小麦的种植，远不如小米普遍，麦面仍然不是平民百姓的常食。何炳棣认为，自殷商至战国，小麦的种植在华北平原逐渐推广，但在粮食生产上的地位，仍远不如小米重要。一直到西汉时期，土地肥沃的关中地区，民间依然不习惯种麦子。这反映了两个基本史实："（一）原生于多雨区的小麦，不甚适宜我国黄土区域的自然环境，尤不适宜黄土高原半干旱的气候；（二）麦作在华北平原及全国其他地区的逐渐推广，是我国农民数千年来不断实验努力的结果。"[3]

《左传》记载，公元前573年，晋国乱，贵族大夫栾书、中行偃弑君，立皇族周子为晋悼公。周子只有14岁，无法亲政，为平民怨，栾书诋毁"周子有兄而无慧，不能辨菽麦，故不可立"。可见，春秋之际，麦类在山西地界，已经和豆类一样是重要庄稼。

战国时期，张仪为秦国的连横之事，拉拢韩国对抗楚国，游说韩王

---

[3] 何炳棣：《黄土与中国农业的起源》，香港中文大学出版社，1969年，第166页。

道:"韩地险恶山居,五谷所生,非菽而麦,民之食大抵菽藿羹。一岁不收,收不厌糟。地不过九百里,无二岁之食。"足见战国后期,韩国即今山西省东南部和河南省中部,庄稼有麦类。

在《氾胜之书》中,小麦有了春冬之分,旋宿之别。春麦叫旋麦,冬麦叫宿麦。根据不同的气候条件,春种与秋种两种播种方法,衍生出了春麦和冬麦两个类别。这两种播种方法,具体起于何时,很难稽考。

崔凯在《谷物的故事:读解大国文明的生存密码》一书中依据考古资料推断,小麦由"春播秋收"变成"秋种春收",主要因为小麦由西向东传播过程中,在西亚停滞了3000年,当地"冬季温和多雨,充沛的雨水保障了小麦的灌浆和孕穗;而夏季炎热干燥,是农作物的'死季'",这种气候条件让小麦进化成了冬麦,"种子在秋季播种,以幼苗的形式跃动,在春季灌浆结实。等到夏季干旱到来时,小麦种子已经成熟"[4]。

《广志》曰:"虏水麦,其实大麦形,有缝。䴬麦,似大麦,出凉州。旋麦,三月种,八月熟,出西方。"

冬麦的播种,基本在气候相对温和的区域,以长城线或者北纬40

---

[4] 崔凯:《谷物的故事:读解大国文明的生存密码》,上海三联书店,2023年,第108页。

度作为基线,北方高寒区域,完全无法播种冬麦。南部则及至长江一线,与稻作区相接壤。两种播种方式,有着完全不同的效果。冬麦生长周期漫长,经历过严冬煎熬,结出来的籽实饱满瓷实。磨成面粉,冬麦面加工食物,明显比春麦面筋道,口感也更佳。

在中国农业起源的考察中,何炳棣推断,中国农业最早诞生于黄土高原区域,而不是黄河泛滥平原,完全是旱作农业模式。由此推导,小麦进入中国黄土高原区域之后,依然是旱作型作物。及至今天,黄土区域种植小麦的地方,除了华北平原和个别河流便利的小盆地,绝大多数都是旱作模式种植。

村庄土地大多属于晚阳山,每天下午能有充足的光照,加上海拔大都在2100米以下,宿麦、旋麦都适宜种植。十年九旱的高原,唯有多种作物按季排布,才有收获的可能性,少了这家总有那家。

与中国黄土高原原生作物粟和黍相比,来自两河流域新月沃地的小麦,水分需求远远高于前者一倍以上。海拔较高、光照更欠缺的相邻村庄,就不大能种宿麦,只能种旋麦。

在村人的观念里,除了种子的保存方法和播种的时节不一样,两种麦子的播种方法完全一样,收获打碾的操作流程也无区别。有粗心的农人,误把春麦当作冬麦种,或者误把冬麦当作春麦种。春麦籽种种成冬麦,一过冬就冻死了,根本换不过苗。冬麦籽种种成春麦，到了六月初，麦穗依然灌不了浆，秆茎却已经衰亡。有一年，父亲把两种籽种不小心和在了一起，收获不及一半。

1950年以前，陇西高原上的万千村落里，都在种植一种叫老芒麦的麦子。这种麦子麦芒很长，结籽很少，每亩单产只有60斤。其时，村落的农业，依然以最有保障的粟、黍种植夹杂豆类作物为主。同样的地力，同样的年景，同样的作务方式，粟和黍的单产远较小麦高。最大胆的地主，也不敢大面积种植小麦。麦面只是地主逢年过节食用的食物，佃农和贫农，从来吃不到麦面。此时，小麦来到中国已经5000年了，但依然没有实现高产。

农业的诞生，是人类发展史上的伟大革命。农业诞生，让更多人走出山林，定居村落，不再以狩猎采集为生。人口在农业革命中极度膨胀。关于小麦的革命，在中国的发生是在1970年代。政府一边推动土地集体化，一边加紧改良小麦品种，经历20多年的科研攻关，终于取得成效，优良的小麦品种不断问世，小麦的单产面积不断提升。

迎来这一科研成果的时候，关于土地的政策也发生了转折，一种公私兼顾的土地经营方式诞生——家庭联产承包责任制得到推广。获得土地自由耕种权的农人，同时拥有了较高产量的小麦种子。从此，农人开始倾其全力地种植麦子。翻地、备肥，精耕、细作，每一个环节都优于其他作物。对于小麦的追求，意味着要实现"地主过年"的光景。

"春冻解，耕和土，种旋麦。麦生根茂盛，莽锄如宿麦。"[5]

犁铧铲开地皮，微潮的地垄里撒下麦种，等待一场适时的雨，便是一年的希望。等同于园艺技术的沟播法，承载着农人的期待，一垄接一垄、一年续一年。

春麦最适合豆茬地，含氮高。精耕细作，粪肥也多，农民在尽量偏心地种。包产到户初期，农人分派种植结构，春麦占一半，冬麦占一半。春麦产量低，不耐旱，面吃起来也不如冬麦香。到了1990年代，春麦渐渐退出种植。

不过，随着种子科研攻关的持续推进，新品种春麦抗旱抗寒的能力更强了，成活率也显著提高了。2022年，国家高度重视粮食安全问题。清明时节，当地政府调运了大量春麦籽，免费提供给农户鼓励种植。农民很担心无法成活。品种好，肥料足，加之当年春季雨水丰沛，保证了丰收。

和田

除了小麦，村里还种过大麦。那是农业合作社初期，政府有组织地

---

[5] 石声汉：《氾胜之书今释》，中华书局，2021年，第33页。

调运籽种，开展试种。

父亲回忆说，当时把大麦和小扁豆和在一起种，叫和田。两种作物搅在一起，同时种同时拔同时打碾，收获的籽实不再分离，也只能同时磨面，一起吃。"和田面，做饽饽非常好吃"，父亲的记忆里，"大麦面也算好吃的粮食"。

再后来，可能由于产量偏低，就不种了。

莜麦

莜麦，也是麦子家族中的成员。籽实吊长，比小麦细。

农人对莜麦的重视程度远不及春麦。莜麦的种植时节通常都在春麦之后。村人视莜麦为秋夏田。莜麦的种法与麦子基本一样，播植深度比春麦稍微浅一些。村里的老庄农人讲究种莜麦时犁要提着点。籽实小的作物，播种时都要浅种。老犁有调节犁辕和犁梢夹角的机关，可以控制犁铧耕种时吃土的深浅。但避免麻烦，农人通常用臂力提升或者压制的办法直接实现。这是很吃力的做法，父亲说"不一定一直能提住"。

莜麦的种子保存非常关键，一旦受潮，种在地里，就会出灰穗。灰穗，等于绝收。老农处理种子的传统办法有三种：羊粪掰细，与莜麦籽种搅拌，堆在地上，等发酵，靠粪便发酵产生的温度，杀死籽种上的病菌；籽种倒进开水锅烫死病菌，须掌握温度和浸泡时间，快速捞出来，否则会烫死籽种而不发苗；秸秆点火，籽种贴着火苗慢慢倾倒，达到火燎灭菌的目的。

籽种受潮之后播种出灰穗，不独莜麦，旋麦、宿麦也会如此。

处理种子的老式办法，是万不得已的时候才为之。细心的农人，在收割转运打碾的一系列过程中，都会做到干燥防潮。摞麦垛，做好雨披，防水倒灌；麦垛干透以后才拉回打麦场打碾；打碾之后的籽实，也要一直放在通风干燥处。

对于取麦种，《氾胜之书》也有专门论述："侯熟可获，择穗大强者，斩，束立场中之高燥处，曝使极燥。"[6]

农业合作社时期，政府组织群众用600药粉搅拌解决籽种携带病菌的问题。600药粉是什么成分，已无从考据。参加过政府农业技术知识培训的父亲知道那是化学成分，一直记着600的数字。

陇西高原的乡村日常，莜麦用途广泛，一日三餐几乎不能无莜麦。

6　石声汉：《氾胜之书今释》，中华书局，2021年，第52页。

莜麦面最大的功用是当酵头，做馍馍。豆面、谷面、糜面，不加莜麦面，几乎无法食用。莜麦还能做甜醅、醪糟。尤其过年做甜醅，是上佳美馔。莜麦最基础的用途是做炒面。莜麦褪去芒绒，加入糜子、谷子、麻子，用石磨推研成粉，储藏起来，可以取用一整年。或直接入口干食，或加温水搅拌成颗粒状食用，皆可。

起初，莜麦种植面积不亚于小麦。包产到户以后，麦子的产量逐渐提升，人的饮食渐趋宽裕，莜麦的种植面积越变越小。时下，山乡几乎不见莜麦。

燕麦

燕麦，也是麦，但主要用作饲料。

当然，饥饿年代，燕麦也能充饥。燕麦皮糙。磨子粉碎，去皮。皮实分离。再磨，做成燕麦糁子，可熬粥。若再加细磨，成粉，也能做馍馍、擀面。燕麦面加工烦琐，适口性差，人不缺粮绝不吃燕麦。

燕麦做青贮饲草，多在谷雨下种，灌浆，未及成熟就拔掉，贮存。燕麦与高粱和种，天冻前收割，贮藏起来亦是上好草料。燕麦做羊草，种得更迟，不出穗即拔除，扎小捆，藏于冬季喂羊，营养充足。

清明

这是种植豆类作物的关键时期……运气好，还会遇到长了七粒豆子的。

最强者稼

西北风还在吹,不过渐渐软下来了。阳光正在一天天积蓄能量,变得越来越有劲。冬天雪覆紧实的地皮,也因风化松动了。微尘不时跟着清风乱窜。空气甘冽,杨柳死寂,荒草萦绕,大地依然一片萧瑟。

杏花不经意开了。

前一日还和躯干一样黝黑的花苞,第二日变成了耀眼的花白,点缀在灰黄的泥屋四周,沉睡的村落一夜之间被唤醒了。

清明到了。所有的农活不得不暂缓一天。

这一天,有一年是细雨飘蒙、清风徐徐;有一年是阳光和暖、村庄静寂。

"上坟"是自发的集体行为。散居村落的人们聚族出动,奔向各自祖先的坟头。"上坟"路上,不论细雨蒙蒙还是阳光普照,人会突然发现,荒坡的冰草和饲料地的苜蓿正在探出嫩芽。

培上新土，挂上彩纸；点上香蜡，奠上茶酒；带上食物，坟场开席。这整族相会，紧贴亡灵的聚会，发散的是爱的温度，不再是悲伤的弥漫，有亲人之间的情感流动，有生死之间的隔世互动。这标注生命轮回的仪式，年复一年，代代流传。

事死如事生，陇中高原的习俗根深蒂固。所有的仪轨以中原华夏传统为基础，又掺杂了西部民族的习俗。实为一特立独行的变种。

通常，专门来"上坟"的城里工作人员只待一天就都离开了。2022年清明节，新冠疫情再次肆虐，外面的人一个也没来，上坟的人格外稀少，每家留在村里的人，都在50岁以上。

清明节的祭奠仪式结束后，因为这节日的隆重而摁下的农业生产暂停键，一天后又得紧张开启。

这是种植豆类作物的关键时期。

大哥要种植4亩半箭舌豆和4亩三棱豆。

除了开春最早播种的小扁豆（兵豆）之外，崖边不同时期分别种植有小豌豆、大豌豆（蚕豆）、回回豆、三棱豆、箭舌豆。小豌豆的家族有麻豌豆、青豌豆、白豌豆；箭舌豆的家族成员是白箭舌豆、麻箭舌豆。以上豆类作物中，在崖边种植面积最大、时间最久的是小豌豆、蚕豆、箭舌豆。

红杏出墙

牛角嘴，崖边三级台地的边缘区。我家在这里有一块耕地。根据大山走向，这块地三分之二坐南朝北、三分之一坐东朝西。属于二阴地。海拔位于 2100 米。较高的海拔，突出在梁峁，这块地常年迎风，不宜保墒，并不是一块好地。

牛角嘴属于我家的地块总共有两垧多，折合下来约等于 7 亩。大哥分家的时候，父亲将这块地一分为二，一半属于大哥，一半属于父亲。后来，我和二哥都进城了，父亲渐渐年迈，这块地全部由大哥耕种。

2022 年，大哥要用这块地的一半面积，也就是一垧多近 4 亩半种植箭舌豆。箭舌豆特别圆润，在打碾时容易滚动，当地人俗称滚豆。

先一年，这块地种植的是胡麻。豆类作物自带根瘤菌，种植时不挑茬，洋芋地、小麦地，各类秋田夏田地都能种。而种植过豆类作物的土地，反过来非常适合种植别的作物。种植豆类作物不论经济效益如何，通常是农业种植倒茬的好办法。

清明过后的第二天，大哥赶在 6 点就起床了。这是传统农人的作风，农忙时节，必然要早起。父亲一旦有农活，起得更早，一般 5 点就起来了。一顿浓酽的罐罐茶喝过，天刚麻麻亮，大哥就下地了。

2010 年以来，村庄基本结束了沟播，大都流行起了更节省人力的撒播。

土粪均匀撒到地里，化肥根据经济能力配比，可多可少，没有固定分量。农民自己没有测量土壤成分的能力，农业部门应对千百万小农也无法建立测量体系。农民使用化肥只能根据经验，或者经济能力来决定，依然是靠天吃饭的惯性。乡村小农耕作缺乏科学技术指导，即使有人送一套生产标准，经济实力能否支撑依然是个变数。

撒播，下籽很重要。根据经验，箭舌豆每亩下籽18斤。确定了耕种面积和籽种，下籽的人要将18斤种子均匀撒在一亩地里，这是一件很有难度的事，经验是反复试错得来的。籽种装在脸盆里，左臂端着脸盆走动，右臂甩手撒种子。一只手臂甩动撒出去的种子基本覆盖在四米宽的范围内，为了保证种子撒播均匀，撒种的人通常要在四米覆盖范围内返回来再撒一遍。将地块网格化，撒完四米宽的区域后，再针对下一格四米宽的地块撒籽。

随后，微耕机装上旋刀，对撒过籽的地块，翻耕一遍，种子就妥帖地着床了。

旋耕机旋刀宽度一米二，一个来回就能作业两米四的宽度。而过去二驴抬杠的方式，一个来回，只能耕种二十厘米的范围。悬耕过程，根据作物特性，由标尺确定深度。滚豆耕种深度在五六厘米左右。旋耕机种一亩地只需40分钟，省时省力。而过去人力畜力不论沟播还是撒播，都是异常艰辛。

"过去的人真苦死了,还没粮食。"大哥每每说到种田,总要发出感叹,"以前的人一年四季都在忙,还饿着肚子,现在咱们这么偏僻落后的地方,都是机械化,真是活在了天堂啊"。

又一日,大哥在庄地里种了一亩三棱豆。庄地处在崖边的二级台地,也在村落居住地附近。或许是因为早前有人在这块地里打过庄修过房,或者是距离村庄很近,所以村里人叫庄地。这块地非常平坦,道路也平缓,耕种比较轻松。这是大哥分家时,父亲分给大哥的地块。

三棱豆的种植方法,与箭舌豆大致相同。唯一区别在于下籽量缩减。三棱豆的根系茎秆都比箭舌豆矮小,籽种也小,每亩下种 15—18 斤。

回回豆,好吃,香气旖旎。不过,回回豆产量太低,并不被广泛种植。村人有不嫌麻烦者,每年试种几垄,但后来也都退出了种植。

蚕豆村人叫大豌豆。这是因为蚕豆拇指般大小的个头与小豌豆相比显然要大很多。蚕豆的价值主要是当零食吃,比如二月二炒豆子,主要炒蚕豆和豌豆;另外就是枽掉换钱的经济价值。蚕豆在村庄的种植历史非常悠久,但是进入新世纪以后,虫害问题直接扼杀了农民的种植积极性。

有一年秋天回乡，母亲给我装了一碗蚕豆，让我拿回城炒了吃。这的确是能够唤醒记忆的事。小时候艰难的岁月，能吃到一把炒豌豆，就是最好的零食享受了。不知什么原因，长大后，我对吃始终没有多大的兴趣，不饥饿，我是基本不吃东西的。拿回城的蚕豆，一放就是半年多。等我突然想起来要炒着吃时，打开塑料袋的瞬间，就陷入了绝望。几乎所有的豆子都有一个小黑洞，每个黑洞里面住着一只黑色的小虫子。我将所有的豆子放进水里，虫子吃空的自动浮起来，挑拣，完好沉底的不过三分之一。

后来回乡，父亲说，蚕豆的小虫害早在开花时就已经着卵，随着花期结籽，虫卵也孕育其中，由卵到蛆，及至豆子收获后便在内部长成了一只会吃饭的虫，有的豆珠甚至会在一粒豆子中孕育出两三只黑虫。

鉴于虫害难治，农民基本放弃了种植蚕豆。偶有种植者，也在打碾完成后，快速晾干粜掉，不敢长期保存。听农民的讲述，这种虫害，多半是因为侵入到了种子，而农民用种几无更新换代，每年都从现收的豆子中提取粒大饱满者作为种子，带病的种子连续耕种，种出的豆子自然是连年有病。

停止种植的还有小豌豆。

与蚕豆类似，小豌豆也是一开花就有虫。结荚时，每一个荚里面都有虫。与虫害一道给豌豆带来灭顶之灾的还有土壤问题。一次艰辛劳作，嫁接一季风调雨顺，豌豆由嫩苗而成劲簇，眼看就要成就一场丰收时，豌豆的叶片突然焦黄，随后茎秆变得枯萎，最终一整株豆苗病亡。多米诺骨牌效应，一株、一小撮、一大坨，到最后整块地的豆苗都会死亡。农民不知道什么原因导致了豆苗的死亡，只看见豆苗一个个像被火烧了一样，便说豆苗烧死了。一年出现烧苗，第二年再出现烧苗；一户出现烧苗，所有农户都出现烧苗。最终大家不得不集体宣布，村里的地已经不能种豌豆了。

从此，豌豆在村庄绝迹了。

21世纪以来，村庄再也没人种豌豆，籽种也没了。不过也有农民获知，周边二十公里外气温较低的村落还有人在种豌豆。当地人总结，豌豆适合高寒阴湿。

豌豆面并不好吃。20世纪中叶，当地农民种植豌豆主要是为了吃淀粉，以及给牲口做饲料。当时，人们不知道洋芋里面富含淀粉。豌豆制成的淀粉，可以做凉粉，吃起来爽滑可口，弹力十足。

后来，人们知道了洋芋的淀粉含量，豌豆的功用逐渐减弱，在种植结构中趋小。包产到户以后，豌豆突然成了经济作物，每户农民都要种两垧，相当于五亩。当时，每斤豌豆可以售卖三角，因为出油率高而身价倍增的胡麻也才值七角。豌豆变现以后，可以购买化肥、农药，贴补家用。

豌豆做饲料的历史恒久绵长。我们读小学时，学校前面的一户人家养了一匹马，专做种马。那时候乡村贫穷，养马的人并不多，马马交配几乎没有，方圆数公里养驴的农人想要骡子，都要请这户人家的马。户主人因而被人称作马班长。马班长个头高大，他每次出师，牵着大马，昂首阔步，神气十足。马班长从来舍不得骑马。他很爱惜自己的种马。每次回家，马背都会多出几十斤豌豆，那是种马劳动获得的报酬，也是它补充体力的上好美食。

童年时代，小豌豆的成熟期，是我们小伙伴最快乐的季节。每天放学，伺机钻入路边的豌豆地，挑长势最好的地块，将自己藏在两尺多高的豌豆苗下面，偷偷摘食豌豆荚。每个人提前将线衣或者衬衣束进腰带，豆荚一个个由领口塞入，一刻来钟，大家的肚囊都鼓鼓的、高高的，像孕妇。胆小的人最先号令出逃，大家一阵狂奔离开作案地，来到较远的地方，蹲下来开始享用豆荚。

在绿豆荚合缝的两边位置轻轻一捏，荚片张开，鲜嫩的青豆覆着脆滑的汁液，整齐排列在荚床里，像多胞胎婴儿一般稚嫩可爱。指尖轻轻一撸，青豆由荚床滑落手心，一把摔进嘴巴，口水瞬间奔涌而出，裹紧豆粒，贪婪的牙齿一一咬碎，未及成熟的豆汁甜腻可口。吃掉豆子，展开的豆荚在根部对折，剥掉荚床一侧的细膜，也能香甜地吃进肚子。

每一个豆荚，有的四粒豆子，有的五粒豆子，运气好，还会遇到长了七粒豆子的。粒数最多的那个豆荚，一定舍不得吃，要留到最后。

窸窸窣窣。少年的肚兜空了，肚子鼓了，地上多了几摊豆荚膜。一次成功的祸害庄稼事件算是完成了。这是被所有大人坚决反对的举动。

少雨多旱的山地，豌豆苗能幸运地迎来几场雨水，将自己长成两尺高，并结出果实，实属不易。豆苗的主人期待着盛夏的收获，熊孩子的袭击几乎等同于害虫的糟蹋。这样的偷窃行动，一旦被大人看到，不管是不是自家的田地，都会呵斥几声驱散孩童。还有地块靠近路畔的人家，专门在豌豆灌浆期立上大大的纸牌子，上面写上剧毒的字样，以杜绝孩子们的偷食。这大牌子一放，大家尽管不知真假，但基本没人敢冒险了。

这是豌豆荚成熟到五六成阶段的食趣。如果成熟到七成，大人会主动摘拾一批，背回家煮熟了吃。此时的豌豆灌浆已比较饱满，但还没有变得坚硬起来，吃起来格外鲜嫩。

豆类所含蛋白质，堪比肉类。豆类作物，在中国古人那里，并不叫豆，而叫"菽"。《左传·成公十八年》有"不能辨菽麦"语；《淮南子·地形训》有"其地宜菽"的话。菽指的都是现代所说的豆。据清人钱大昕研究，古音舌头舌上不分，菽与豆的古音本相近，后来渐渐通用，大概到秦汉之际，就开始把菽称作豆了。

在《齐民要术》中，豆类作物的种植，被分作大豆和小豆分别进行梳理。该书引述三国时张揖《广雅》认为："大豆，菽也；小豆，荅也；䅟豆、豌豆，是䜺豆；胡豆是䜃豆。"这种分法，已过遥远，实难对应今天更加丰富的豆类作物。

『深谷子浅糜子，胡麻种在浮皮子』，道出了胡麻种植的要领。

谷雨谷，种了胡麻耽搁谷

杏花泛白时，桃花已经开始走向败落。

偶尔一缕清风，满树的花片扑簌簌洒向地面。本来姿色娇艳的花瓣横七竖八填充于黄土地表起起伏伏的褶皱里，快速地凋零风干。

这是美人迟暮般的无奈。

这感伤降落在谷雨来临的前夜。

"桃花开，杏花绽，梨花急得把脚跺。"

在黄土高原的西南边缘，人们用民谣表达对春天的感知。

"桃花来你就红来，杏花来你就白。翻山越岭我寻你来呀……"

在黄土高原的中北部——陕北、山西一带，人们则用歌谣表达对春天的关注。

不论东西南北,给黄土高原带来春天信息的,总是桃花和杏花。

桃花和杏花的绽放,让潜伏了一整个冬天的山川大地,有了情感的流动和生机的喧闹。

桃树花叶并举,杏树花败叶生,不再躯干嶙峋的两种果树,最早打开了季节的繁盛之门。

干枯少雨的黄土高原,即使在万物萌动的季节,能响应物候的植物依然少得可怜。桃花红杏花白,柳叶青白杨绿,还有牡丹急着鼓花苞。

高高的白杨,弯曲的柳树,它们用强大的生力对抗高原的风霜干旱。整个冬天,高树用尽了全部生命对抗严寒,再也无力为人提供庇护。风凛冽地吹过,树枝和树枝相拥而泣,互相给予激励。树下的人,都蜷缩进了黄泥小屋。

谷雨。

太阳到达黄经 30 度,大地不停吸收阳光,地温不断上升。

此时是种植胡麻和谷物的季节。

谷雨当天,大哥在庄院附近的地块,种下了一亩多胡麻。第二天,他又在另一块地里种了两亩胡麻。三亩胡麻,可以为他保障来年一整年的植物油需求。

胡麻种植多采用撒播,一亩下籽10斤。胡麻籽实小,种的时候,要控制好深度,不能过深,以免出苗困难,但也不能过浅,太浅胚胎无法着床。当地人总结的农谚——"深谷子浅糜子,胡麻种在浮皮子",道出了胡麻种植的要领。

其实,胡麻籽实比谷粒略大一点。但是胡麻根系简单,植株微小,种深了,很难发芽。

胡麻种植,当地有两种方法。一种叫底扬,一种叫耱扬。

如遇干旱少雨的气候,一般采用底扬播种。底扬,就是先扬撒种子,再犁地,再耱平。如果土壤墒情好,就采用耱扬播种。耱扬,就是先犁地再扬撒种子,然后耱平。

底扬,是在土壤墒情不太好的情况下采取的播种方式,通过深翻土地,才能将地表较深处的湿土翻上来,让种子能埋在湿土里,获得发芽的机会。而耱扬是在地表墒情较好的情况下才敢选择的种植方

种土豆

式。如果土壤墒情好，胡麻种子播在表皮，微微抚平表土，三四天左右就能发芽。

胡麻刚刚播种完毕，一场全国较大范围的降雨如期而至，旱塬也迎来了一场罕见的透雨。好雨知时节，这场雨加速了胡麻的发芽。下种第四天，大哥来到胡麻地里，专门查看，双手刨开地表，破开的土层里，星星点点的红色的胡麻已经探出了嫩黄的小芽。这是非常好的征兆，如果天气暖和，不要出现倒春寒，再有七八天，胡麻就能破土而出了。

陇西黄土高原，最盼的就是一场透雨。如果在干旱的谷雨季节，种胡麻，不是一件轻易能决定的事。没有透雨、没有好的墒情，下种就是冒险，不能发芽，等于一茬庄稼输在了起跑线。没有墒情，没有透雨，种胡麻，得时时关注天象，一旦行雨云出现，就可以大胆下种，种完三五天也能出苗。

"谷雨谷，种了胡麻耽搁谷。"村里一直流传着这句谚语。但21世纪20年代的农民不再担心这两种作物的种植在时间上相互打架的问题，因为谷物的种植已经退出了历史。

谷子叫粟，是中国最古老的驯化植物之一。在新石器时代，黄河流域主要的栽培作物，就是粟。黄河流域史前考古发掘的粮食作物以粟为多。

《诗经·小雅·黄鸟》中，就有"黄鸟黄鸟，无集于榖，无啄我粟"的诗句。

秦汉时期，粟是种植最多的谷物，唐宋时期中国南方也推广种粟。其时，粟一直是中国北方民众的主食之一。宋代末期，稻米、小麦逐渐发展，粟开始退居二线。源远流长的中华民族，在粟的滋养下，繁衍生息，根脉绵延。

目前在中国大范围内屈居小麦的粟，其实在1950年代，还占据着主导地位。村庄的老农一直把粟当作五谷之首。历史上，我的村庄种植糜子和谷子的影响非常出众。1950年代的土地革命前，方圆十里外的人还有来村里为地主赶糜谷场（即收割作物，比如陕西麦收时节，关陇山区农民前往八百里秦川收麦子，叫做赶麦场）的历史。

2015年是大哥最后一次种谷。两垧谷，合计等于5亩，秋收打了2700斤。平均下来，一亩收成550斤，产量略低于小麦。其时，一斤谷子能粜两块四，收成并不多。

影响谷物产量的因素，除了天气，还有各类鸟兽的糟蹋。退耕还林政策实施以后，村庄的生态环境趋好，除了一直就有的麻雀、野兔增多，还出现了锦鸡。鸟类加鼠类再加獾等兽类，对谷物的破坏，几乎是毁灭性的。

根据《齐民要术》记载，早在北魏时期，中国人种植的谷子共有60多个品种。优胜劣汰，谷物种植的延续过程里，低产种不断退出。

黄谷、青谷、黑谷，当地农民根据谷物的颜色，为谷子起了适宜自己分辨的名称。

三大类谷物中，黄谷产量最高。黄谷大类中，又有小金黄、大谷等种类。大谷是20世纪末、21世纪初村庄广泛种植的品种。大谷这个名称的由来，得自谷物品种的相貌：植株个子高大，最高者接近一米三四；谷穗肥硕，分叉多，最长者接近一尺；谷粒饱满，每一粒都有丰厚的籽实。这完全是现代科技精心培育出来的新品种。

大谷的籽实本身并不大，直径只有两毫米左右。但是大谷的生命力极其旺盛。大谷的种植多采用撒播。种法与其他作物类似，种子扬撒在地面之后，翻耕时，犁铧入地只能保持在四五厘米左右。尽管当地农谚说"深谷子浅糜子，胡麻种在浮皮子"，但谷物种植依然很浅，只是比糜子和胡麻要略微深一点而已。

大谷下种技巧性比其他任何作物都要强。其他作物扬撒时，基本是满把抓籽实进行扬撒。谷物只能用三根手指，巧妙地抓取，然后均匀撒开。种谷真正体现农人的专业技术才能。

大谷种植，一亩只用2斤籽。再多，就会植株稠密，影响生长。谷物耐旱，对雨水的渴望不是特别强烈。种植时，农人对谷物不够偏爱，施肥不多，化肥更是可有可无。经济宽裕之年，或许能用一点尿素，如果遇到手头紧困的年成，化肥是空缺的。

谷物抗旱、耐旱，但是不耐冻，尤其害怕霜冻。所以谷物不敢早种。谷雨前坚决不敢下种。谷物发芽破土，生长到分叶六片时，才向土里扎根。这时没有充沛的降雨，就会影响扎根。长成的谷子，如果刮风过多，扎根不深，就会站立不稳倒地而亡。扎根不深，即使不刮风，胖胖的谷穗长出来后，也会难以支撑而倒地。这也是那句"深谷子"谚语的来历。

陇西黄土高原，二十四节气只是相对的物候指令。按惯常的节气区分，谷雨之后，霜降完全停止。但有时候，直到立夏以后还有霜冻，有一年还出现结冰，连苞谷苗都冻死了。

谷物下种以后，过于干旱会不出苗，或者出苗迟，如果冻死的话，就又得补种。补种过迟，秋收一般都是秕谷子。谷物如果错过短暂的无霜期，谷粒就会灌不了浆。缺面。

大谷需要120天才能成熟，而其他谷物90天就可以成熟。所以大谷种植过晚，秋后霜降到来，两场霜就能拉死全部庄稼，导致歉收。而黑谷、青谷、小金黄谷，都是在立夏之后才播种。

榆钱

村庄的无霜期 130 多天,土地海拔大多在 1900—2100 米之间,大部分地块都特别适宜谷物生长。

当代农民,小麦是口粮田。旧社会,谷才是真正的粮食。囤粮下窖,谷是保命粮。谷是五谷之首。对农民而言,谷是真正的吃食。吃谷面铁团,是农民的日常。即使地主老爷,也没有太多的白面吃。

谷雨时节,旧谷食尽,新谷未落,正是青黄不接之际。《四民月令》强调:"冬谷或尽,椹、麦未熟,乃顺阳布德,振赡匮乏,务先九族,自亲者始。无或蕴财,忍人之穷;无或利名,罄家继富;度入为出，处厥中焉。"[1]

从汉代到近代，农人的状况实在是改观不大，村人的记忆和崔寔的记载相差无几。遇到荒年或者青黄不接，除了邻里守望相助，还要极度节俭。

海拔，适宜。光照，充足。崖边种出来的糜谷面，拌得稀，蒸熟以后还是干干的馍馍。毗邻的背阴村庄，种出来的谷子面做馍馍，拌得干，做熟了还是水兮兮的，不好吃。崖边是晚阳山区域，而其他背阴地由于光照不够，糜谷总是灌浆不足。

方圆的农民眼里，崖边还算是个好地方，老人都说那里的粮食好。

清明以来，持续高温，植物生长加快。很快，杏花、梨花、桃花陆续开败。柳树抽芽，迅速形成柳叶。白杨吐翠，很快有了圆叶。还有椿树也开了花，榆钱正繁茂。

2022 年的谷雨，是农历三月二十日。

谷雨之后，一场透雨，气温骤降。接着又是寒流来袭，晨起，白霜裹着屋顶裹着草垛，室外的水桶也结了冰。又过了 10 天，村庄还

---

[1] （汉）崔寔撰，石声汉校注：《四民月令校注》，中华书局，2013 年，第 28 页。

迎来雨夹雪。一天之内泼了四次薄雪,但都没能坐住。农民下地干活,穿的是棉衣。

还好,谷物已经绝种。刚刚发芽的胡麻也没有受冻。

立夏是种植糜子的时节，与黍的种植类似，土豆也要在立夏时节栽种。

立夏高山糜

灰黄的地表从冬天的沉睡中逐渐苏醒。

山野在节气中的变化实在太缓慢。节气与节气之间，裸呈的大地很难发现明显的变化。

立春之后，大地不停地生发绿色。好似气候的画笔在灰黄的幕布点缀绿意，整个涂画过程悠悠慢慢。直到立夏时节，大地终于草木葳蕤。各种树、各种草，都在拼命生长。灰黄幕布，用整整一个春天的时间，才填上了丰富的绿色和少许的花色。不过，留白更广大。要将黄土高原变成色彩斑斓，还要静等盛夏季节的到来。

与节气相比，季节的变化才是惊人的。

立夏到来时，山村真正晴朗起来了。草木舒展，人也活泛。大地上流动的空气不再让人蜷缩。一年之中生机旺盛的时刻开启了。

种糜

立夏高山糜。

立夏是种植糜子的时节。

"深谷子浅糜子,胡麻种在浮皮子。"

这句陇西高原上流传的农谚,强调种糜子要比谷子浅一些。

糜子的籽实弱小,发芽之后的顶土能力不强。一旦种得过深,容易死苗。糜子和谷子一样,都是发芽透土以后,再繁生根系,增强抓地能力。糜子的秆茎在庄稼中不算低矮,与发芽早期的弱小形成反差。

为了浅,糜子的种植,不能用沟播法,而是用撒播法。籽种、粪肥,全部均匀撒在地表,再仔细翻耕,籽种埋进地表,等待发芽。撒播法操作简便、节省人力,在畜力为主的阶段,撒播主要适宜出苗浅的作物。2010年以后,农人家家有了微耕机,撒播成了种植农作物的常规手段。就连最精贵的小麦,也采用这种方式播种。

胡麻、糜子、谷子都是撒播,农人也称"扬籽田"。

在中国古文献中,糜子叫黍。

黍是甲骨文中出现次数最多的谷物名称。

《说文》云："禾入米为黍。又黍，暑也，当暑而生，暑尽而收。"

《本草纲目》称黏者为黍，不黏者为稷。

黍从禾，亦称"稷""糜子"。实际上，黍有粳糯两类：粳类古称穄、稷，现称糜子；糯类古称黍，现称黍子、黏糜子。

"彼黍离离，彼稷之苗。行迈靡靡，中心摇摇。"

这是《诗经·黍离》中的句子，其中的黍、稷都是指糜子。据考证，这首诗的作者是西周旧臣。周幽王昏暴导致西周败亡，周王室分裂，周平王东迁洛邑后逐渐衰微。这位旧臣重返宗周，看到西周旧宗庙变成了一行行的禾黍，暗自神伤，用一唱三叹、循环反复的曲调，凭吊旧河山，感念家国离乱。此诗说明，其时的关中，大面积种植黍稷。

黍是中国原生作物，是中国历史上最早被驯化的作物，也是人类最早的栽培谷物之一。黍在中国的栽培史超过7000年，西北、华北、西南、东北、华南以及华东等地山区都有种植。在新疆有野生种。在亚洲、欧洲、美洲、非洲等温暖地区也有栽培。

"当暑而生，暑尽而收。"黍的生长周期短，早熟。另外，还有耐旱、耐瘠的特点。它是黄土高原古代旱作农业区的"铁杆庄稼"。黍的根系发达且生长迅速，具有很强的营养吸收能力，叶片上的气孔小而少，蒸腾作用弱，对水的需求量比较少，适宜在各类土壤中种植。

村庄的海拔高度、昼夜温差、日照时长，都非常适宜黍的生长。

村人广泛种植的黍，是一种叫做小黄糜的品种。这个品种秆茎短，辈历小，稳产保产，但穗子小，产量相对低。

小黄糜每亩用籽种一般在6斤左右。如果雨水充裕，一亩可收60斤左右。黄土高原的旱作农业区域，土地瘠薄，长期广种薄收。农民每年都是朝天一把籽，等待风调雨顺，靠天吃饭。亩产60斤是过去很多庄稼的丰产产量。

化肥诞生以后，黄土高原的瘠薄土地上，各类农作物的产量都有所提高，小黄糜的产量也由古时的一亩60斤增加到了一亩120斤左右。

高原上还种植过大黄糜。这种品种的糜子，秆茎高大，穗子长，但是辈历大，生长周期长，村里的土地大都光照不够，熟不透。农人逐渐放弃了种植。这种适宜川道地区低海拔、高气温的品种，在寒旱山区根本没法适应。

农业合作化时期，村里还种过红糜。这同样是一种辈历大、生育周期长的品种，属于大糜。后来也因为气候不适应没能长久种植。

村里还试种过黑糜，也因为不适应退出。

大黄糜比小黄糜早种一个月。

在同样处于渭河北部且维度大致相同的大地湾遗址，直线距离崖边只有98公里，一期灰坑中，采集到禾本科的黍和十字花科的油菜籽，是中国同类作物中时代最早的标本之一。出土的形式较为固定的石铲、石刀、磨石、磨盘等农业生产、加工工具，表明当时原始农业生产的一整套生产加工技术业已形成。以大地湾遗址为中心的清水河谷是中国最早的粮食和油料作物的种植地，也是中国旱作农业黍的发祥地之一。

糜谷从来都是村庄人口赖以为生的口粮。土地革命前，村庄的地主和富农，主要以种植糜谷为主。合作化时期，糜谷种植面积占全部庄稼的三分之一。包产到户之后，农民每家每户都要种植五六亩糜谷，解决口粮问题。

改革开放后，社会飞速发展，市场流通加快，南方的大米随时可以运送到北方。西北农民的各类粮食产量提高后，可以用以物易物的办法，用自己的粮食交换大米。西北农民的餐桌上从此有了大米饭。尤其进入新世纪之后,各类良种普及到乡村,小麦的成活率、产量大幅度提升。陇西高原千沟万壑的农民种植小麦的占比逐渐加大,日常饮食也能尽饱用白面解决。白面大米充裕的日子,小米用量逐步减少。与大米白面而言,糜谷面就相形逊色了。

父亲说,自己留了60斤糜子,一放放了20年,一直没有下种。后来计划做黄米,也一直没有做。直到2018年,卖掉了。

糜子,成了村庄消失的庄稼。

种土豆

与原生的粟和黍相比,土豆来到黄土高原,更受农人的热爱,因为同为耐寒作物的它产量远超前者。与黍的种植类似,土豆也要在立夏时节栽种。

留好芽眼,一个土豆对切两刀,就是四个籽种。与各类作物的种子相比,土豆籽种较大,通常采用沟播和穴播两种办法种植。犁铧开垄,铺入粪肥,根据30厘米左右的间隔,遗入籽种,再进行翻埋,种下一垄。"二牛抬杠"的作务办法,一垧土豆要种两天。每户人种两三垧,紧赶慢赶也得五六天。穴播更简单,一人挖坑,一人遗籽。

微耕机遍及乡野之后,农人发明了种土豆的新方法。土地撒上化肥和粪肥，微耕机翻耕一遍，软如海绵。籽种按照间距扔在地上踩一脚，就陷进去了。这样种植的效率比过去提高了四五倍。

土豆出苗之后，还要壅土固苗。专业叫法是培土。壅土既可以保护苗子根部，增加养分。又能防晒，避免薯块生成后发绿。土豆块茎生长发育时，会将根部土壤顶裂，如果不壅土，薯块就会很快暴露地表而遭到暴晒，这样，薯块就会变绿发麻，并产生龙葵素，无法食用。

这种源自南美洲的块茎植物，最早由一支迁徙到高寒的安第斯山脉的印第安部落发现，并进行了驯化。人类种植土豆的历史，已有7000年了。

1565年，西班牙探险队将土豆从美洲带到欧洲，起初并不受待见，后来遇到小冰期和战争，主粮小麦短缺的情况下，土豆于17世纪之后才逐渐得到重视。

土豆传入中国的时间，说法不一，有人认为应该是18世纪，也有人认为是在明万历年间（1573—1620）。有人考证，明万历年间蒋一葵撰著的《长安客话》卷二《黄都杂记》中，记载了北京地区种植土豆的内容。

陇西黄土高原定西市，和美洲安第斯山脉区域一样，也是一个高寒区域。这里种植的土豆，个大面饱，沙脆适中，淀粉含量高，是中国种植土豆最佳的区域之一。当地百姓戏言:"定西有三宝,土豆洋芋马铃薯。"

土豆来到中国,多了两个"中国化"的称谓。叫洋芋,因为它是外来物种;叫马铃薯,因为它像马铃铛。

土豆亩产可以达到 2 吨,是稻米和小麦的 5 倍。尽管在 20 世纪的大部分时光里,小麦一直是西北农人的至高追求,但气候环境适宜,加之土豆和粟及黍一样,极其耐旱,是稳产高产的作物。土豆成了当地百姓日常生活中须臾不可离的食物,每家每户每年都要种植土豆。煮着吃、炒着吃、炸着吃、煎着吃,当主食吃、当配菜吃、当干粮吃、当零食吃,除了不改变性状的原味吃法,土豆淀粉还可以加工成粉条、粉丝、凉粉,变着花样吃。土豆的吃法真可谓五花八门。另外,还能粜钱、喂猪、换煤,性价比远高于其他作物。

当地人与洋芋结下了深情厚谊,1980 年代,盛行种麦子的关中人接纳甘肃麦客时,一度蔑称他们为"甘肃的洋芋蛋"。

风调雨顺的丰年,洋芋只是填充面食的一档蔬菜,困难年月洋芋可是救命口粮。进入新世纪,全国各地都在开展产业结构调整,积极探索经济作物的种植。定西市因势利导,将土豆打造成了当地特色种植作物,后来还获得了"中国薯都"的称号。不过,从国家层面真正启动土豆主粮化,是 2015 年才提出来的。

社戏开唱,糜子开种

在我的村庄,农民起初并没有感受到薯产业的带动效应,处在物流末梢和边际末端的区域,即使种出了好产品,也很难卖出好价钱。农民期望种植土豆获利的希望并不大。

社戏

立夏的时候,邻村卧虎山的社戏就要开唱了。

半个月前,各村遴选的庙官就已经开始活动了。他们在庙里聚首,反复商讨,议定祀神方略,然后分头奔赴各村社,向农户收粮要钱，凑齐花销。

立夏唱灯影戏，沿传已久，是农人民俗生活里每年的固定项目。戏班子立夏前一晚请来，唱两天三夜。唱《战沙江》，唱《蛤蟆洞》，唱《药王孙思邈》，唱《西游记》，唱《大战平顶山》，都是敬神还愿的戏。

社戏开始的时候，农人早上种糜，下午看戏，两不耽搁。农人敬神，逛庙会，在1980年代和1990年代，是极其热闹的事。粗略记得，人生第一次吃冰棍，就在卧虎山的戏场上。姐姐用她仅有的五分钱买了一根冰棍，我舍不得吃，装在衣服兜里，想存着吃。不一阵，冰棍就融化了，只剩一根小木棍和一张蜡纸。

初夏的烈日炙烤着戏场上来来往往的人群，我没有记住冰棍的味道，我记住了卖冰棍的小木箱，漆着白色的油漆，里面裹着小棉被，放着油蜡纸包裹的冰棍。那天的戏唱了什么，根本听不懂。那一天是在懊悔中结束的。

再后来的社戏，或许去得少，记忆并不深刻。

新世纪初的一次社戏，庙官们没有请外地的专业灯戏团，号召各村出节目。我们村"长衫长者"的孙子带着我和另一个发小参加了一次演出。我扮演孟良、发小扮演焦赞。我记得我只说了一句唱词：

"身背葫芦面朝天。"发小的唱词是:"手拿板斧月儿圆。"长衫长者的孙子倒是唱了很长的一段,他到底唱了什么,我一句都没有记住。我们入场、出场的时候,都装腔作势打着马鞭,高抬腿轻落脚,假装自己真穿着厚底戏靴。

据说,现在的社戏几乎没有人看了。不过,为了社戏向农人的摊派一直在增长。因三年疫情停滞的社戏,在 2023 年重开时,每户人收取 100 元,收钱的人说,又在盖庙。那种钱,大家都交得积极主动,那是民间信仰的力量。

小满

农人管锄草叫锄田,
这样的叫法,
表达的是对庄稼的偏爱之心。

锄田

立夏之后,草木和人一样,都变展脱了。

只要有充足的雨水,有丰沛的阳光,所有的草木都可以肆无忌惮地生长。除了人为闲置的空地,到了小满前后,黄土高坡全被染绿了,不再败露灰黄。花香鸟语、色彩斑斓,大自然的丰盈不大情愿地在陇西高原显出风度,一年之中最有生机的时光终于到来了。

农人最关心庄稼的长势,但是,杂草总要争先恐后显示本领,抢占庄稼的风头。

人类驯化植物,开展农业生产的道路上,一直在与杂草做斗争。旱作农业区,原本雨水奇缺,肥料紧俏,杂草与庄稼抢养分,会直接导致收成减少。

每一种作物都有相对应的杂草,近乎孪生。

高原上最精贵的小麦,伴生着野燕麦。野燕麦又称黑燕麦、燕麦草。野燕麦是一年生草本植物，与莜麦十分相似。在苗期，和小麦也无大的差别，非专业农人，一般很难辨别，防不胜防。野燕麦与小麦的主要区别是小麦有叶耳（叶片基部包着茎秆的两小片），叶片无茸毛，而野燕麦无叶耳，叶片有茸毛。

野燕麦繁殖能力超级强大，每株可结出400—500粒种子，比小麦高出很多；而且具有很强的再生能力，籽粒稃壳坚硬，在土壤中三四年都不会腐烂，仍可出苗；拔除时如果把根和分蘖（niè）节留在土壤中，还能生蘖，并发育开花结籽。

野燕麦的种子一旦落入田间，随风、随流水、混入粪肥等多重途径传播。野燕麦比小麦出苗略迟几天，可与小麦争水争肥，争阳光争空气，严重影响小麦的生长发育。野燕麦一旦成群生长，可导致小麦减产2—3成，甚至更多。

由于形状和小麦相似，小麦出苗期极难铲除。最好的办法是出苗到一定高度后，人工拔除，或者抽穗后折取穗子消除。另外，轮作倒茬、深翻土地也能灭除其繁殖。

糜子和谷子生长过程中，伴生的杂草主要有狗尾草。狗尾草俗名谷莠子，为一年生草本植物，危害谷子、糜子、小麦等多种作物，尤其对谷子危害最大，因为它与谷子幼苗形态近似，早期不易识别。

锄田的老妇人，清除杂草只能跪地"作战"

狗尾草茎秆直立或基部膝曲、上升、有分枝，高20—100厘米，抽穗成熟比谷子略早，夏秋季均能抽穗结实。狗尾草适应性强，分布范围广，耐干旱耐瘠薄，繁殖能力强。

狗尾草和糜谷同步生长，锄田的时候很难辨认。防除的最好方法是与洋芋、小麦等其他作物轮作倒茬，以便在苗期及早铲除，减少为害。

胡麻田间寄生性杂草主要有菟丝子。菟丝子俗称无根草、黄缠等，主要以寄生方式为害胡麻。菟丝子寄生为害后，一般减产 1—3 成，较严重者减产 5—6 成，最严重时会让胡麻整株提早枯死，颗粒无收。

菟丝子为一年生缠绕寄生杂草，黄色或黄绿色，线状，叶片退化，无根。胡麻出苗后 1—3 天，菟丝子即开始发芽出土。菟丝子每株平均产籽 3000—5000 粒，与胡麻同时或稍稍提前成熟，成熟后落土或混于种子内。菟丝子的断枝也有再生能力。菟丝子的传播主要通过土壤、粪肥以及混入种子，种子埋藏于土壤中 5—6 年，仍能保持发芽能力。

菟丝子种子埋于土层 6 厘米以下不能发芽，土壤温度高于 35℃、低于 10℃不能发芽，多雨积水的情况下不利于发芽。防治菟丝子最好的办法是深翻土地，使其无力发芽出土。另外，还可将胡麻与糜谷等禾谷类作物轮作消除。

除野燕麦、狗尾草、菟丝子外，陇西高原田间还常见苦苣菜、刺儿菜、猪殃殃、旋花草、灰条等杂草，这些杂草的生长一般都比作物快，不及时铲除，都会危害作物，造成减产。

不同的庄稼，有不同的杂草，得掌握不同的锄草技巧，才能做到既不伤害庄稼，又能根除杂草。

苦苣菜是一年生草本植物，有白色乳汁，高30—100厘米。羽状深裂，边缘有刺状尖齿，花黄色、可结实。苦苣菜幼苗期，可作为野菜食用，同时还可以作为原料制作酸菜浆水。

刺儿菜包括小刺儿菜和大刺儿菜两种。小刺儿菜俗名刺蓟、小蓟，多年生草本，有较长的根状茎。大刺儿菜俗名马刺蓟、大蓟，多年生草本，有根状茎。刺儿菜主要靠根茎繁殖，根系发达，入土较深，根上生有大量的芽，每个芽都可发育成新植株，再生能力强，断根仍能成活。去除必须深挖。

猪殃殃，蔓生或攀缘状草本，多枝。茎有四棱，棱上叶缘及叶下面脉上均有倒生小刺毛。

旋花草，包括小旋花和箭叶旋花两种。小旋花学名打碗花，群众称之为圆苦子蔓。一年生草本，光滑。茎蔓生，缠绕或匍匐分枝。叶互生，有长柄。箭叶旋花学名田旋花，群众称为吊苦子蔓，多年生草本，根状茎横走，茎蔓生或缠绕，有棱角或条纹。叶互生，戟形。

灰条，学名藜，俗称灰条、白藜、灰条菜。一年生草本，高60—120厘米。茎直立，光滑，有棱和紫红色纹。叶有长柄，叶形变化大。花小，簇生成圆锥花序，排甚密，种子横生，光亮。灰条对土壤要求不严，但在肥沃土壤中生长极旺盛，能耐盐碱。灰条嫩叶可食用，也叫灰菜。[1]

小满节气到来时，杂草的旺盛势头几欲盖过庄稼。

这是对农家妇女发出的警告。

千百年沿袭下来的农耕传统，锄草一直是妇女的专项任务。村庄的每一位妇女，都要在小满前后成天待在庄稼地里，跪在地上来回穿梭，斩除万千杂草，护佑每一株庄稼。这是比园艺培植更细致的作业。

农人管锄草叫锄田。这样的叫法，表达的是对庄稼的偏爱之心。

所有的农具中，锄草的小铁铲是小孩子最能拿捏得住的。人类的天性，从小就有搭建房屋的兴趣。拿着小铁铲，在土堆上开挖土方，搭建微型房屋，是小时候经久不衰的玩法。

锄草用的小铁铲，全由老铁匠锻打而成。10厘米宽，15厘米长，带30厘米铁柄，柄端安装与铁铲刃走向相交的木柄。经年累月锄草，铁刃被磨得铮亮，木柄被虎口和大拇指磨出深槽。劳动工具上的人为印痕，是最完美的美学。

---

[1] 以上关于杂草的性状介绍，参考自1986年定西地区旱农科研推广中心编写的《定西地区农业科学技术应用教材》。

角蒿遍野，黄花朵朵

农闲时节，铁铲基本疏于管护，小孩子怎么玩，都没人过问。小满前后的锄田季节，铁铲是农作的高频用具，小孩断不可冒险偷拿铁铲玩耍，一旦被逮住免不了挨揍。

初夏的记忆中，无数个中午，从 5 公里外的小学赶回家里时，母亲也才刚刚从地里锄田回来。她总能从背篼中掏出一些断根的杂草，比如灰条可以喂给猪吃，其他杂草摊在场院，等晒干了做饲草，或做薪柴。

小时候，母亲天天锄田，我并没有在意过。只记得她拿着铁铲，膝盖绑着自制的护膝，跪在田地里，一边谨防压坏田苗，一边眼疾手快地杀死田旁的杂草。铲除杂草，不能太深，容易伤苗。不能太浅，留下根茎或者蘖节，杂草还会快速复生。

紧贴大地的农活，跪着，人才能更舒服一些。所以护膝太关键了。

摩托骑手用护膝，登山运动员用护膝，这些光鲜的职业在工业社会里，有专门的生产商制作护膝。农业社会里，很多工具都是自制的。贫穷限制的并不是想象力，而是购买力。

锄田护膝用最厚的废布料制作，如同拉鞋底一样，用麻绳密密麻麻拉锥在一起。这样一来增加抗磨功能，二来避免地上的坚硬物质伤害膝盖。

庄稼渴盼风调雨顺，真正风调雨顺的时候，杂草也格外欢快地生长。这样的好年景，对村里的妇女来说，压力倍增。一茬一茬的庄稼接二连三起苗，一茬一茬的杂草也在起身。很多庄稼要锄三遍草，才能变得干净起来。

园艺农业，妇女就是那最为操劳的园丁。

雨水多了杂草也多。锄田长期跪在田地里，大地潮湿的时候，久跪必然伤害膝盖。

2020 年，盛夏。

母亲疼痛了好多年的膝盖，突然疼得下不了地。之前大夫根据病状，以风湿、类风湿疾病做了医治，但毫无效果。疼痛无法忍受，再次就医，X线检查，才断定膝盖已经重度受伤。

新冠疫情还在肆虐。顶着疫情压力，母亲实施了置换膝关节手术。半年后恢复，尽管疼痛依然存在，但至少能下地行走了。

这两年，母亲另一个膝盖的疼痛也加剧了。70多岁高龄的老人，置换关节太受罪，只能忍受。

母亲膝部的问题，想必与早年她锄田久跪有莫大的关系。每一位乡村母亲都曾跪在小满之后的大地上斩除杂草，扶持庄稼，不论大地是潮湿的还是干燥的。人的关节如同机器的关节，过度磨损哪有不坏的？

前些年，有一位艺术家策划了一场特别的展览，展出的是无数个形态各异、制作材料不同的护膝。它们全部来自农家大娘之手，每一个护膝都带着岁月的痕迹，都积淀着劳动的记忆。

芒种

高原村落，
终于迎来草木葳蕤，
杂花吐蕊。

繁花

立夏月余,芒种到来。高原村落,终于迎来草木葳蕤,杂花吐蕊。

以干旱为底色的黄土高原,万物的生长,是一场抗争。抗争养分缺失的饥,抗争水分缺少的渴。每一种植物都要练就一身抗旱本领。本领不过关的植物,很难在高原立足。

大旱年份,各类植物会大面积枯死,勉强留下来的,也会羸弱不堪,连传宗接代的能力都会丧失。

对这方土地干旱的描述,左宗棠言简意赅:"陇中苦瘠甲天下。"

后来,各类文学作品、文艺作品,也在裸呈这方土地的干旱。

一家电视机构的纪录片,真实记录过一个乌云密布的下午。云层深处,不时传来雷声,天空欲雨。摄像机对准的地面,因为干涸早已堆积了厚厚一层尘土。那像面粉一样堆积在地面的尘土,对雨水的渴望,比烈火对干柴的渴望还要强烈。

雷鸣不断，大雨将倾，气氛凝固，所有的神经都在紧绷。

雨真的来了。雨点很大，像豆子一样砸向尘土。一滴雨，一个小坑。

如果这豆大的雨滴，坚持不懈地砸向地面，地表的尘土很快就会化作泥浆。如果雨点继续，滴水成溪，地面会形成流水。

然而，人们预想的大雨，还没开始，就收场了。

尘土还是尘土，只是被雨滴砸出了一些小坑。风呼呼刮过，尘土照旧飞扬，乌云也跟着渐渐散去。

纪录片的拍摄者失望透顶，观看的人也失望透顶。

是一段苦秦腔，将叙述切向另一个场景。

纪录片带来的失望，当地农人祖祖辈辈都在经历。透彻心谷的失望，衍生了悲苦凄楚的秦腔唱段。

苦焦之地的一切，苦焦之外，都透着求生的坚韧。秦腔就是感慨这种苦情却又高亢绵长的存在。

苜蓿经由张骞的引路，在西汉时期从西域来到陇右，它成了陇西高原上最抗旱的植物。

苜蓿盛开,一地紫花,旱塬生色

苜蓿和冰草是最早发芽的植物。初春乍暖还寒,随时都有霜冻和大雪,顶着严寒,它们总能从刚刚解冻的地表钻出嫩芽。踩在嫩芽探头的地埂边、村道旁,即使风再硬,天再寒,人不得不感叹:春天着实来了。

陇中瘠薄之地,草木微弱,能坚持生存下来的都是强者。苜蓿和冰草就是强者中的强者。它们是上好的饲草,深得大型动物喜欢。不过,冰草强大的繁殖能力,是庄稼的克星,大受农人讨厌。冰草因而只能在地埂边、村道旁繁殖。

相比冰草,苜蓿的地位要高很多。作为外来物种,作为牧草,苜蓿来到陇西高原时,享受着仅次于粮食作物的声望——有专门的地块,有专门的种植规划。

芒种之时,已到盛夏。苜蓿到了绽放花蕾的时节。

从初春探芽之后,苜蓿就会一路疯长。苜蓿根茎庞大,根系发达,能深扎地下一两丈,和白杨树、柳树、榆树这些高原上的耐旱树种一样,苜蓿发达的根部能深入地下尽可能多地吸取水分,很好地抵抗缺雨时的旱情。有了这一先天优势,高原再旱,苜蓿也能很好地生长。

苜蓿种到地里,不上化肥不上粪,不锄不管,年年都可以收获。苜蓿经历春夏秋冬,严寒酷暑,寿命通常在三十年以上。废弃的苜蓿,挖出来的根茎砸碎,牛特别喜欢吃。长长的苜蓿根,人力只能挖到一尺多,剩下的毛根部分只能留在更深的地下。

芒种时,苜蓿长成了一地紫花,长成了一地繁花。

山岇里,有苜蓿的地方,像一汪海子。紫蓝的纯净在灰黄的山野间,与绿色的草木互相点染,格外醒目。阳光反射下,不时漾出波影。

开着紫花的苜蓿,是大牲畜整个夏天的草料。隔三岔五,农人都要下地割一批运回家,用铡刀铡成 10 厘米长的草料,代替冬月食用的小麦、糜谷秸秆。盛夏时节,农活最多,大牲畜也最辛苦。吃到紫花苜蓿,它们才能迸发活力。

盛花期的苜蓿营养价值最高,现割现吃,驴、马、骡都会吃得膘肥体壮。

扬花期前的苜蓿太嫩,营养并不高,大牲畜吃了个个会拉稀。盛花期之后的苜蓿又太老,秆茎变得又粗又硬,还缺少水分,牲口不再青睐。盛花期只有不到两个月时间。在这短短的一个多月里,农人会尽可能满足牲畜的食量,趁着这个丰裕的季节给大牲畜追肥。

盛花期的苜蓿留足当季所需,其余的都要做成青贮饲料。就着紫花割苜蓿,农人称作杀苜蓿。杀字有抢收、赶时间的意思,着重强调的是将紫花连同秆茎一同变作饲料。这时候杀掉的苜蓿也叫"头刀苜蓿"。头刀苜蓿处在扬花期,大都有二尺多高,有的甚至有三尺高。

被杀过的苜蓿地,会就着阳光雨露,快速地生长出新的苜蓿芽。晚秋时,立冬前,苜蓿会再次长到30厘米以上的高度。此时,农人会再次动用镰刀,割掉二茬秆茎,这次割掉的苜蓿叫"二刀"。

"头刀"和"二刀"苜蓿,对大家畜而言,都是绝美佳肴。农人在冬月过年时吃最好的食物。大牲畜在盛夏吃最丰富的草料,形同过年。

冬日,草木衰败,万物萧条。积攒下来的青贮苜蓿,会成为大牲畜日常食物的佐料。否则，大牲畜只吃小麦、糜谷秸秆，实在难以下咽。

紫花苜蓿盛开的时候，作物都在迈向成熟。也有生命周期短暂的作物，适合在芒种时节下种。比如荞麦。

高原村落有两种荞麦，一种叫绿荞，一种叫花荞。根据荞麦面的味道，人们又将绿荞叫做苦荞，将花荞叫做甜荞。苦荞面真的有苦味，花荞面其实并不甜。在高原上，日子过于苦难，只要没有酸味、没有苦味、没有辣味，一切无味的食物，都被冠以甜味。

芒种前后，绿荞开始播种。

"早播3日不结籽，迟播3日霜打死。"这句农谚提示，种植荞麦一定要注意时令。尽管播种迟早3日未必会有如此严重的后果，但这句农谚说明荞麦的种植，比其他作物更需要注重节气。

《齐民要术·杂说》说："凡荞麦。五月耕。经三十五日。草烂得转并种，耕三遍。立秋前后皆十日内种之。"[1] 这个种荞时节，大抵是以关中、华北气候为准的，比陇西高原晚了整整两个月。

绿荞总体耐瘠薄，不太挑地力。农人倒茬闲置的空地，就能种植绿荞。绿荞下籽一个粪1斤，相当于一亩6斤左右。与糜谷下籽差不

---

[1] 石声汉译注，石定枎、谭光万补注：《齐民要术》，中华书局，2015年，第28页。

绿荞结实

多。播种得深浅适度,二寸左右为宜。

绿荞发芽时,叶片又大又软,顶土能力弱,地表稍有板结,很难透土。不像小麦,发芽时尖针一般,轻易就能钻出地面。荞麦种植,最担心的问题就是板结问题。黄土高原地质特殊,黄土中的黏粒含量较多,土壤中毛细管孔隙较少,透水、通气、增温性差,下雨后堵塞孔隙,极易造成土壤表层结皮。

绿荞有一点让人很放心,出苗以后,不需要过多田间管理。有劳力可以锄草,人忙了可以不管,照旧生长。即所谓"荞不薅草会结籽,苞谷不铲不背包"。绿荞抗争杂草的能力比较强,但应对气候变幻的能力就比较弱。一旦特殊气候出现,绿荞会光出穗,不结实。有时候歉收，有时候甚至会绝籽。

花荞在绿荞之后种植。花荞下籽一个粪2斤，比绿荞多出一倍。花荞非常适宜在豆类作物的地块种植。花荞的秆茎不及绿荞高大，花荞更容易板结。只要度过出苗的艰难期，花荞就能安然迎来花期。花荞开花，十分艳丽。高原上种植过一种老品种花荞，开花时漾着粉红。后来的新品种，开白花。

荞花溢花香，蜜蜂来采蜜，遍地充盈甜腥味。

荞麦被归入小秋作物，农人只是附带种植，面积很小。主要为了吃面。绿荞面带着苦味，年轻人不太接受。喜欢吃的老年人专好这口苦味。花荞面味道单纯，做面条、做饼，都是上好面粉。

苦荞的稃壳非常坚硬，无甚用途。花荞的稃壳可以装枕头，能起到清热安神，促进睡眠的作用。《本草纲目》《中药典》都有记载。民间一直有此延续。

两种荞麦的秆茎都能做灰水。秆茎烧成灰，用水浇，渗出来的水收集起来，用来做面食。灰水，等同碱面。这是前工业时代纯天然的提取办法。类似的做法，还可以在蓬草、骆驼蓬中提取灰水。

工业时代，人类种植作物获取食物变得更为容易，精米精面吃出了太多"三高"症状。人们发现，苦荞可以调节血压，抗心律失常，防动脉硬化,是心脑血管的保护伞。荞麦中所含的烟酸和芦丁,对人体极佳。其中芦丁有降低人体血脂和胆固醇、软化血管、预防脑血管出血的作用;而烟酸的量是小麦的 3—4 倍,具有扩张血管和降低胆固醇的作用。

借助这些发现,县城商人开发了苦荞茶,成为通渭县的一大土特产。苦荞的身价也显著提升,由过去的自食作物变成了一斤两元四五的经济类作物。不过荞麦种植风险较大,单打独斗的农人依然不大热衷。我的远房侄子跑车挣了一些钱,从 2022 年开始,流转土地开启了大面积种植苦荞的营生。

荞麦起源于中国,是不争的事实。众多的考古遗址都发现了荞麦的身影。比如陕西咸阳杨家湾四号汉墓中,就有荞麦,距今已有 2000 多年。有观点认为,《齐民要术·杂说》并非贾思勰所作,而是出自唐人之手。持此说者普遍认为,荞麦在唐代开始普及。

中国科学院昆明植物研究所基于考古学、遗传学和基因组学证据,整合了陆上丝绸之路 207 种作物的传播路线,其中,对于荞麦的传播,他们认为"在 8 世纪,从云南传播到亚洲的东南部、印度、小亚细亚,在 13 世纪到达西伯利亚和俄罗斯,在 15 世纪到达欧洲,在 17 世纪到达美洲,最后到达非洲"[2]。

2　王广艳:《几千年前,"行走"在丝绸之路上的种子》,见科学大院公众号。

种植荞麦的农活,记忆中从未参与。芒种时节割苜蓿的经历,倒是印象深刻。

苜蓿一般种在距离村落较远的地块。割苜蓿也是一项重体力劳动。小时候,父亲割苜蓿,会带上我和一头毛驴,我负责拉驴,驴负责驮苜蓿,父亲负责割苜蓿。这个组合非常高效。一次,父亲割了很大的两捆苜蓿,用尽力气搭上了鞍子。毛驴走着走着,绊倒了。我和父亲设法帮助毛驴站起来,继续赶路。突然,我看到山顶出现了两个人影,是城里的姑父和姑姑来看望奶奶了。他们的到来,预示着会有糖果。那一刻,我被甜蜜击中,成了所有童年记忆中最美妙的部分。

我略大的时候,一个假期,父亲分派了让我单独割苜蓿的任务。驴驮要技巧,我力量小,无法将苜蓿捆搭上高高的鞍子。父亲建议我去用尖担挑回来。至于挑多少,他没有说,我清楚,太少了要挨训,太多了我真的挑不起。那时候的苜蓿地块在村庄的高处,我拉了我的自制玩具车,想把割好的苜蓿直接拉回家。

一头扎进苜蓿地,割倒一片苜蓿时,我惊讶地发现了一个新世界。苜蓿地里有万千昆虫,除了日常熟知的七星瓢虫、蚂蚁、毛毛虫之外,还有更多叫不上名目的虫子,满地乌泱泱地流动着。仔细观察,它们运动的过程简直像卫星视角下的人类场景。那是我有生以来第一次见到那么丰富的大自然,也是截至目前唯一一次见到那么多的虫类。看着那些忙碌的虫子,我在山湾里想到了自己无法预知的未来。虫子们终其一

甜荞开花

生，活动范围出不了苜蓿地，人呢？一个人走出村落，又能走多远呢？

我的自制玩具车是用轴承做成的，一大捆苜蓿绑在上面，直接紧贴地面，即使下坡路，也动弹不得。

失败至极。

我只能用尽全身力气，用绳子将它们拖回家，好在一路都是下坡。

再回村，看村庄的荞麦花，看村庄的苜蓿花，童年的记忆，少年的经历，历历在目，虽然时间已经过去了近 30 年。

夏至

成群的麻雀将一生的热望全部扑在了庄稼谷作物上。

艰难的斗争

节气一个跟着一个,气温在不断上升。

缺雨的高原,巨大的蒸发量,土地很难湿润起来。

春天以来,不同时节播种的各类作物,有的正在生根发芽,有的已经在大地站稳脚跟。它们的未来,都在渴盼雨水的浸润。而干燥少雨早在百万年前就已成为黄土高原的特质。即使在距今一万年的农业诞生期以及后来的岁月,这个特性也从未改变。

靠天吃饭已成为黄土高原上生存的人类默认的法则。经久绵延的农耕生活,并没有因为干旱而退却。在漫长的历史中,这片土地经历大地湾文化、仰韶文化、马家窑文化、齐家文化,用艰难的实践推进农业文明的发展进步,一直延续到有史书记载的年代。

黄土高原千沟万壑,只有黄河以及支流和支流的小支流区域的台地,才有灌溉的可能。而众多区域,土地像挂满山冈的碎布条,没有天雨眷恋,农人毫无办法。

夏至节气到来时,阳光对黄土高原的炙烤一天比一天猛烈。期盼下雨,是农人的愿望,更是各类庄稼的愿望。偶尔,等来一片行雨云,农人以为一场大雨将至,但几声响雷过后,皲裂的大地只收获了几个小雨点,庄稼白白被风扫了一遍。如果不够幸运的年份,响雷伴着狂风,会送来密集的冰雹,那是比干旱更惨烈的灾难,或许会导致颗粒无收。

这是一片干旱多灾的土地。

过去百年,干旱、低温冻害、冰雹、霜冻等灾害长期发作,被仔细罗列在县志里。农人在这片土地的努力,是一场艰难的抗争。

旱虫

不同的气候环境,创造不同的植物生长条件。温度、湿度、降水、光照、风力,每一种条件的强弱,都能决定植物生长的好坏。每一种气候条件,在每一年都有不同的变化,这会直接导致不同庄稼的丰歉。同样,不同的气候条件,也给昆虫繁育提供了不同的基础。如果没有天敌的干扰,昆虫总能抓住适宜自己的气候环境,尽可能雌雄比例均衡地拼尽全力扩大种群繁殖。

蚜虫每年都不可避免。这是一种繁殖最快的昆虫，几乎每种植物都有可能或轻或重地被蚜虫侵害。蚜虫最喜欢在植物的茎秆、花骨、叶片等脆弱部位产卵繁殖，会密密麻麻生活在植物脆弱带，吸食植物汁液，最终导致植株枯亡、衰竭。

蚜虫自身还有对生存环境和秩序的调节机制，植株上蚜虫过多时，有的蚜虫会长出翅膀，飞出去寻找新宿主。夏天结束时，蚜虫交配，雌蚜虫产卵，卵附着于宿主越冬。一个生命周期里的蚜虫在结束生命前，早早为下一代在来年横扫世界，留下可能。

蚜虫危害庄稼，令人痛恨。不过，它也有自己的天敌，七星瓢虫、二星瓢虫、异色瓢虫、草蛉、食蚜蝇等，专门以吃食蚜虫为生。一只瓢虫一天可以吃掉138只蚜虫，而食蚜蝇比瓢虫的捕食量还大，是捕食蚜虫的专家。

蚜虫的天敌不少，但蚜虫也有自己的好朋友，蚂蚁就是最亲密者。

蚜虫和蚂蚁是共生关系，相处和谐。蚜虫用自己带吸嘴的小口针刺穿植物的表皮层，吸食汁液。这惬意的美餐，每每进行一两分钟，蚜虫就要翘起腹部，骄傲地分泌含有糖分的蜜露。蜜露是蚂蚁的美食。蚂蚁会用大颚把蜜露刮下，吞到嘴里。"吃人嘴软，拿人手短。"蚂蚁会不断为蚜虫提供保护，赶走所有来犯之敌。

盛放的胡麻花

除去那些为了更好地寻找生存空间而生长了翅膀的蚜虫，大多数蚜虫的一生，基本是不挪动地方的，它们盯住一个麦穗或者一片叶子，可以吃一辈子。蚜虫的一生，最大的贡献是供养了蚂蚁。

父亲是村里最早使用喷雾器的农民，热爱农业的父亲在改革开放初期，被选为科技种田的代表，被农业部门邀请到县里接受了一个阶段的农业技术培训。1980年代，父亲是全镇少有的订报农民。那时候，《甘肃农民报》办得有声有色。我进学堂识字的时候，父亲的那些报纸大都糊上了土墙。农业科技知识我不感兴趣，我喜欢看美丑对比栏目里的那些小故事：伺候公婆是美；赌博输钱是丑。还有一些比较搞笑的乡村社会新闻，好比今天农民发在抖音、快手的小段子，被正经地印在报纸上，既亲切，又严肃。

父亲舍不得吃好穿好，但在购买农机具方面，总会超前投资。父亲的喷雾器是绿色的，偶有接受科技种田知识的农民，前来借用喷雾器，父亲也会毫不吝啬地借给他们。在老式种田人当中，父亲是特立独行的，也是孤独的。他乐见同类人的出现。那些老式种田人精通节气、掌握规律，他们的后代同样视节气和规律为法条。他们的后代识字的不多，懂物理化学的寥寥无几。父亲接受的知识，无法讲给他们，那是鸡同鸭讲。父亲性格独立，低调谦逊，不善于人前显贵，久而久之，他成了他者眼中的另类。

那时候，市面上用于杀虫的药比较单一，"敌敌畏"曾经风靡一时。

1990 年代，我还在村里，用农药的人并不多。2000 年我离开以后，情况显然有了大的改变，谈不上家家使用农药，至少七八成农民是接受了农药的。偶回乡里，听到有夫妻吵架，女性为了抗争选择了喝敌敌畏，拉到县城医院洗胃才保住了命。

父亲的喷雾器，主要用来对付蚜虫。后来，一户人家修房子做水刷石效果，借用父亲的喷雾器冲刷水泥，还回来时搞坏了，也没吱声。父亲再使用时，才发现坏掉了。他很恼火，但也不好再说什么。

蚜虫几乎年年都有，几乎每一种庄稼都有可能遭遇虫害。防治蚜虫几乎是农民种田的日常内容。蚜虫侵害过的庄稼，不光花果枯死、叶茎也会败亡。遭灾的植物如同被干旱旱死一般，故农人称蚜虫为"旱虫"。

麦牛

除了蚜虫，金龟甲也是田野里年年少不了的客人。

望文生义，这显然是一个非同一般的昆虫。它似乎有金子一样的龟甲，王八一样长的寿命。实质上，它在当地人的眼里，只是一只"麦牛"。

为啥叫"麦牛"，也考证不清楚了。说它吃麦子吧，它并不吃麦子。

说它像牛吧,其实一点不像。当地人笑话皮肤长得黑的人,总会说,他像黑"麦牛"。

"麦牛"确实很黑。不像七星瓢虫,红色甲壳上装点着黑色圆点,格外华丽。"麦牛"的体型和七星瓢虫一样大,长度大约有5毫米,宽度大约有3毫米,椭圆形的样子,倒是有点像乌龟。唯一不同是"麦牛"没有长脖子,它的头比例协调地长在椭圆形肌体上。"麦牛"有坚硬的甲壳,呈片状,中分。飞翔时,甲壳是翅膀,爬行时,甲壳是护体。假如人踩死一只"麦牛",它死后甲壳依然完好无损。

七星瓢虫是益虫,不损害庄稼。"麦牛"来到世间的任务,就是来蚕食植物幼体。

开春,寒凌退却,气温上升,扁豆破土发芽。扁豆苗疯狂吸食着土壤中冬天储存的水分和播种时施加的肥力,准备挣开束缚,争阳光、抢雨露,大长特长。同样的气温,也被"麦牛"抓住了。"麦牛"也疯狂繁殖,它们盯着扁豆的幼苗。

没有倒春寒,没有巨大温差,气候给了扁豆机会,也给了"麦牛"机会。

每一棵刚刚探土的扁豆苗,分出几个叶片,就会被几只"麦牛"缠住。只三五个小时,一棵幼苗就会只剩下光秃秃的秆茎。

温度恒定上升，看似一个美好的春天，其实是一个糟糕的春天。遇上这样的春天，对付"麦牛"会让人极度头疼。好在这样有好有坏的春天也不多见。如果遇到气温升升降降的坏天气，扁豆出苗放缓，生长受阻。不过它们只要挨过艰难的乍暖还寒过渡期，总还是能长大成苗。而升升降降的气温，对"麦牛"而言，就很难扩大种群。

平常年份，"麦牛"尽管对庄稼有损害，但损害程度只要不超过三分之一，农人是可以接受的。与天不降雨的大旱相比较，各种不造成庄稼绝收的灾害，黄土高原的农人早已司空见惯、见怪不怪。

有一年，大哥的扁豆苗经历了树树皆挂牛的景象，他急匆匆跑到镇上农资销售点，问询有没有对应的药物。老板挑出两瓶，让他去试，他嘟哝着说老板可别骗人，"我父亲学了一辈子科学种田，以前从来打不死'麦牛'，'麦牛'的甲壳像雨衣，农药打上去，直接滑走了，'麦牛'好好的"。

老板打包票，"打不死你来找我，我退钱"。

"我兑好农药，在地块里喷洒着走了一圈，回到出发地时，最早喷施了农药的'麦牛'已经从豆苗上掉下来了，翻身蹬腿。"

两天后查看，豆苗上的"麦牛"全部阵亡，黑压压落了厚厚一层在地上。大哥对新品种农药格外佩服。

今天，中国人都在追求无公害、有机食品。类似"麦牛"这样的病害，若没有农药，只能眼睁睁看着绝收。

"麦牛"成长的季节，在扁豆苗和胡麻苗生长的时节，它们采食的植物叶茎，也主要盯着这两类。像麦子、谷子等高大植物，任凭"麦牛"怎么下力气，也伤不了元气。

夏天到来时，各类植物发育成熟，秆茎粗壮，叶片肥厚，"麦牛"很难再采食到幼叶。"麦牛"的生命也就自动消失了。

"麦牛"是鸡的美食。

鸡和"麦牛"形成食物链，是脱掉棉袄的时候，人变得舒展了起来。

母亲在土炕上用棉被围住装满麦草的箩筐，做出鸡窝状，放置挑选出来的最大个鸡蛋。老母鸡被抱上去，正襟危坐。它再也不能离开宝座了，喝水、进食，全靠人伺候。母亲护着老母鸡，老母鸡护着一筐鸡蛋。整整21天的温馨关照后，生命力最强劲的鸡崽啄开蛋壳，露出了尖尖的嘴和毛茸茸的头。随后，其他鸡崽陆续突破蛋壳，也有软弱无力的鸡崽需要人为剥开蛋皮才能来到这个世界。种蛋从鸡屁股到储藏室，母亲用了最短的时间防止失温，同样的处理流程，但种蛋孕育生命的差异其实从最初就已经注定了。

春天的脚步已经放快了,刹那间柳绿桃红,雏鸡也长得飞快。童年的喜好总是充满稚嫩。出于对新生命的热爱,小孩子要给鸡宝宝捡拾"麦牛"。父亲是赤脚医生,家里有很多舍不得扔掉的玻璃瓶子,挑好看的、带盖的,拿一只拾"麦牛"。装过"安乃近"药片的大瓶子——开口大,容积大,最好用。避开正午的高烈度阳光,沿着村道一路走,路边的青草芽边,总有"麦牛"在爬行,有的排着队,有的独自出行,有的正在啃食草芽,有的正在交配。一只只捉进瓶子,"麦牛"密密麻麻待在瓶子里,互相倾轧着,攀爬着,不得安分。

拿回家的"麦牛"倾倒在地面时,瞬间获得了解放,一个个像赛车一样,乌泱泱向四面散开。雏鸡惧怕活物——它们最先学会的是啄食谷粒——并不敢下嘴,有胆小的还会看着"麦牛"退却。大鸡毫不迟疑,眼疾嘴快一顿饱餐。雏鸡看着鸡妈妈的动作,慢慢壮起胆子,也尝试着啄食了起来。

瞎瞎

农药的应用,对付空间的虫害能达到事半功倍的效果,但要制服地下运动的田鼠就比较难了。

90多岁的二妈突然不行了,一贯被大家认为最坚韧的老太太,终究还是下不了炕了。她是在2022年春夏之交抱恙的。夏至第二天回乡时,看望了一下她。夏天的暑热,令人憋闷,老太太忽躺忽坐,神志时而清晰、时而迷糊。大家寒暄时,二妈的孙子端来了一碟煮豌豆。就是《蔎者稼最强》中提到的那种煮豌豆。

这是能够唤起儿时记忆的食物。

我问侄子,你家种了豌豆?他说在玉米地里套种了两垄,专门给孩子们吃。我说大家都说咱们村不能种植豌豆呀?他说就是有病虫害。我说那我离开的时候,去拍一张照片。他说,庄院旁的菜园子里面也种了四五棵,可以拍照。

跟着侄子来到菜园子,我拍照时,他在一棵辣椒苗旁捯饬。不一阵,他急匆匆离开了。我继续拍豌豆。再过一阵,他拿着一把铁铲回到原位,我跟过去,他掀开一片青瓦,挖了几下,就拉出来了一只田鼠,一同拉出来的,还有一个铁制的捕鼠器,夹在田鼠的左前爪。

田鼠很普遍,几乎每一块种了庄稼的土地,它都会光顾。田鼠的活动季节,和人类相近,春夏秋三季觅食劳作,冬季休眠休养。

当地人把田鼠叫"瞎瞎"(发音haha)。这大概与它的眼睛特别小有关,也与它常年生存地下,几乎不主动来到地上活动有关。田鼠在中国境内共有40余种。活跃于黄土高原被当地人称作"瞎瞎"的田鼠，体态肥硕，尾巴细而短，与身体极不协调。眼睛小，耳朵微微露出毛丛，嘴、鼻像熊猫，牙齿锋利、咬合能力强大。"瞎瞎"最引人注目的是四只爪子，每一只爪子都带有极其锋利的指甲，指甲的长度和尖锐度，完全超出了四肢的体量。尤其两只前爪更突出，与身体比例不大协调但发育良好的爪子，是保障它生存特性的利器。

"瞎瞎"的一生，都在打洞。打洞是它生活的全部，也是生存的必要。"瞎瞎"打洞，不是乱打一气，而是充满智慧。"瞎瞎"的洞穴，有生存通道，有觅食通道。生存通道大多距离地表50—80厘米左右，巢穴和粮仓更在一米左右。觅食通道总是贴着地表走，深则一尺，浅则20厘米。

"瞎瞎"打洞主要靠前爪挖土，屁股拱土。遇到松软的土壤，前爪开挖，头部挤挤，就能钻出通道。遇到瓷实的土质，前爪挖下来的土，必须运走，才能继续开掘。运土工具就是结实的屁股。如果路线过长，"瞎瞎"会在打洞路线开出专门通道到地面，将掘出来的土运到外面。这种省力的办法，人类开洞也在使用。

我曾到过开掘中的铁路隧洞、高速公路隧洞、引水隧洞，铁路、公路隧洞比较宽阔，运送渣料土方比较省力。引水隧道开口较小，海拔更低，线路更长，掘进十分艰险。为了加快速度，施工人员要多挖几个施工洞，增加作业面。这像极了"瞎瞎"打洞。

在地质破碎带，工人一边掘进，一边用钢材支撑。不稳定区域，地质每天都在运动，支撑的钢材也出现严重变形。发生危险的情况，难免洞毁人亡。小时候经常听村里人讲述煤矿打工挖煤的故事，危险性很大。行进于正在开掘的引水洞，完全深入到了地下，顿觉人类像极了"瞎瞎"。只是，人类对付岩石的工具，还没有进化出"瞎瞎"对付黄土的利器。

"瞎瞎"日常生活的通道，离地极深，人类很少能看到。但人类实施较大型工程，挖地三尺或是破土移山，总会挖出它的巢穴和生存通道。久居乡间的人，大都见识过很多被解剖的"瞎瞎"生活区域，往往十分惊叹。

"瞎瞎"适合在黑暗中前行，来到地面真就成了瞎子，但嗅觉高度灵敏。这是所有鼠类的特长。春天，大地刚刚解冻，农人将一年的希望耕种于地下，冬眠中的"瞎瞎"也醒来了，它离开生活区域，向着最近的大地移动。很快，它就闻到了种子的馨香。贴着地表，它一路打洞，一路采食刚刚入土还未及发芽的种子。

整个春天，"瞎瞎"都能吃到鲜美的各类种子。随着种子发芽，它又能吃到作物的秆茎，再到作物结出果实，它也能在地下咬断作物根茎，然后努力抽取果实。类似扁豆、胡麻等一些籽实较小的作物，"瞎瞎"能顺利抽取到籽实。要是遇到豌豆、蚕豆、麦子等作物，它只能将作物秆茎抽到鼠洞里，而果实全部捋在了地表。

"瞎瞎"觅食的过程，有时还要将地表拱起，形成一条隆起的线。农人根据隆起的线条，设法捕获田鼠。小时候，家里有很多专门用来对付田鼠的长弓，一到春夏，父亲就要带着弓和箭到地里忙活。根据"瞎瞎"觅食线路，找到采食通道与生活通道的连接通道，挖开地表，安好长弓，在机关上绑一截植物嫩苗或者植物果实，"瞎瞎"经过时，贪吃一口，拉动机关，长箭从天而降，射中后背，必死无疑。也有农人安弓偏差，即使"瞎瞎"拨动了机关，也能因为长箭射偏而逃之夭夭。受惊的"瞎瞎"，在之后变得极度敏感，极度狡猾，很难再捕获。还有农人安弓在觅食线路末梢，永远也等不到"瞎瞎"经过。找到恰当的安弓位置和地点，是农人对付田鼠的经验，需要反复训练。

"瞎瞎"觅食有固定的时间段，上午基本在 9—11 点，下午基本在 2—4 点。在这两个时段捕获，最有成功的可能。错过了这个时段，成功率极低。"瞎瞎"的防备能力极强，一般在一块固定区域采食后，就会堵塞生活区域与采食区的连接通道，让农人或者天敌无法找到它的藏身之处。

母鼠怀孕和生产的季节，"瞎瞎"也会堵塞进入生活区的通道，完全将自己封闭在最安全的区域。"瞎瞎"的生活区，必然有联通地面的通气孔，以补充氧气，但这个出口极其隐蔽，很难发现。也有农人采取烟熏火烧的办法攻击"瞎瞎"，但聪明的"瞎瞎"通过堵塞通道的办法，能将自己很好地隐蔽起来，即使烟熏也找不到核心区域。

用长弓射杀"瞎瞎",是40后、50后农人的办法。60后、70后农人,现在基本使用铁制捕鼠器。这种捕鼠器一个一块五,价格便宜,安装简单,捕获成功概率也更大。实在比以前方便了很多。父亲那一代农人使用的捕鼠长弓,没有相当的技巧和经验,很难捕获"瞎瞎"。

大哥说他现在一年能在自己的承包地里捕获至少40只"瞎瞎",父亲听了有些惊讶。父亲使用长弓捕鼠的年代,估计一年也只能捕获几只而已,绝对不超过十只。

母亲听了这个数字,嗫嗫地说:"'瞎瞎'最好别捉,人家说不好。"

大哥高声辩解:"我不管那说法,管那说法,庄稼就叫'瞎瞎'害完了。"

那说法,是迷信的说法。

人工捕获的"瞎瞎",全部喂给了家里豢养的猫。

"猫现在完全是宠物,自己从来不抓老鼠。有的猫看见老鼠还会躲。"大哥对此愤愤不平。

世道变了,黑猫白猫,统统变成了懒猫。

麻雀

麻雀曾被列为"四害"之一进行过消灭。

这是我后来读县志才知道的。蚊子、苍蝇、麻雀、老鼠一起被列为爱国卫生运动的消灭对象。蚊子苍蝇用农药就能杀死,麻雀到底是怎么被消灭的,志书没有详细记载。我的父老乡亲似乎也毫无记忆,或许这个政策和诸多一时冲动的功绩类策略一样,并没有在这个偏僻乡村落实。

小时候,虽然与麻雀有过正面抗争,但那时候真没有觉得麻雀有多"害"。

夏天拖着冗长的炎热,在山沟谷畔慢悠悠退却了。金黄的糜子和谷子摇曳在初秋的骄阳下,正在抓住最后时机强壮自己的籽实。眼看着丰收在即,用长弓对付过一次地下的田鼠,已经为害不烈,即使还能在地下打洞的田鼠,抽取的秆茎不会太过惊人。野兔和野鸡还能找到别的捕食对象,对糜谷兴趣不太浓厚。成群的麻雀将一生的热望全部扑在了糜谷作物上。噗噜噜一声,成百上千只麻雀就飞进了谷地。一雀一株,一会儿的工夫,一大片谷子或者糜子就只剩下了空穗子。

保卫糜谷不受麻雀糟蹋,是农人秋天的重大课题。还有很多收割打碾的活要干，大人分身乏术，不可能分配一个全劳力去"堵雀儿"，这活计便落到了小孩子身上。

所有农活当中，我最热爱的是放驴和"堵雀儿"。放驴的季节在盛夏，能借机捉蚂蚱、扑蜻蜓，能聚敛伙伴偷土豆烧土锅。

"堵雀儿"的据点一般设立在糜谷地的高处，可以鸟瞰四周的来犯之敌。每一个守田人都要自制一把土坷垃发射器。有的人用废弃扫帚的竹棍编制，有的人用木板刨制。长50厘米，顶端长方形宽约8厘米，逐渐收缩至底端变成圆柄利于手持。顶端绑网状麻线编织条，编织条系一根绳子与手柄相长。土坷垃用编织网夹在发射器顶端，握紧手柄和绳子，抡圆了胳膊，甩出去的瞬间松开绳索，土坷垃飞出弹射器的距离，远超手臂直接投掷。这个弹射原理，类似古代的攻城利器抛石机。

成群的麻雀飞入谷地，利用这个发射器扔土坷垃打击，好比富豪执杆打高尔夫球。动作姿势的优雅程度、命中率，都得反复锤炼才能长进。经验老到的人，一发土球就能赶走一群麻雀。新手上场，或许四五发都难以命中。情急之下，只有飞奔过去，连喊带叫，徒手投掷，才能赶走雀群。

赶鸟是一个借口，我的乐趣在学别人于谷地旁的高崖上开挖窑洞，尝试修建居所。造房子似乎是人类的普遍天性。2021年震惊中外的白银马拉松遭遇低温事件，好在牧羊人利用放羊的窑洞，抢救了好几人的性命。

一边造房子玩，一边"堵雀儿"，这几乎成了秋天的美差。我的目标，很快就被父亲识破了，他总要调令我去干更重要的农活，从而失去玩乐机会。父亲可能权衡过了，尽快干完农活，远比守护谷地要紧。

陇西高原的少年，是十分喜欢鸟类的。这里缺乏森林，但鸟类并不少。通灵鸟、啄木鸟、饱够、夜鸽子、野鸽子、乌鸦、喜鹊、老鹰。种类繁多的鸟，有一部分并不招人喜欢，比如乌鸦、夜鸽子，被乡民视为不祥之兆。

所有鸟类，小孩都有将之捕获据为己有进行豢养的冲动。大一些的鸟类是很难捕获的，比如老鹰，基本不落地；比如喜鹊，垒窝太高，根本够不着。我们只能退而求其次，专注于小型鸟类的捕捉。

通灵鸟是陇中乡村最可爱的鸟类，它身上有彩色的羽毛，叫声婉转。但这种鸟筑巢一般在树梢，且十分隐蔽。它孵化小鸟的过程，人很难发觉。小时候，有一次刮风下雨，倒是将树梢一个通灵鸟的窝暴露了，我用棍子捣下来，成功捕获了一只小鸟。我将其装进用扫帚竹棍自制的鸟笼，进行喂养。小家伙茶饭不思，叫个不停，喂什么都不吃。我便把它挂在了大鸟能看到的地方，大鸟悬着小鸟喂食，整个下午惨叫不止。第二天，天亮再去看，小鸟被大鸟成功解救，逃走了。现在想来，那一天经历的劫难，肯定影响了小鸟的一生。

我们最能接近的是麻雀。遭受我们迫害最多的鸟类也是麻雀。

麻雀的飞翔能力不比其他鸟类差，但麻雀筑巢从来不在树梢上，而是喜欢选择崖畔上的鼠洞。麻雀的隐蔽工作显然不够强，它进出巢窝喂小鸟的过程，很快就被人发现了。树枝难以攀爬，崖洞总有办法逼近。或开挖阶梯，或抬来木梯。接近洞口，徒手伸进洞穴，就能连窝端。有时候遇到的是毛都没长全的雏鸟，有时候遇到的是还没有孵化的鸟蛋，有时候端出来的是半大的小鸟。也有点背的人，伸手揪出来一条长蛇。那简直是噩梦。对于小孩子捣毁麻雀巢窝的行为，大人也经常用蛇来恐吓。威胁归威胁，贪玩的孩童没有把玩的东西，怎么能忍住不冒险呢？

小孩捕鸟，多是为了豢养，但被捕的小鸟，不论大小，最终大都被折磨死了。

夏秋季节，麻雀以采食庄稼为生。到了冬天，万物萧瑟，隆冬旷野，颗粒难寻。麻雀没有了整群出没的风采。不过，农家小院不时会飞来三五只，找一些被人遗弃的食物充饥。即使遇到人和家禽家畜，也不避让。冬日暖阳下，麻雀甚至敢于飞临晒太阳的宠物犬头顶，互相嬉戏，毫无违和。

显然，麻雀是和农人接触最多的鸟类，也是最不惧怕人类的鸟类。

兔子和野鸡

每一种生物的繁殖和种群扩大，都仰赖相对应的环境条件。微小的生物，会因为短期的气候变化而改变繁殖速度。比如昆虫、老鼠，本年度的关键时刻关键的气候条件足以影响其繁殖的条件。寿命较长的动物，会被长周期的气候环境左右生存条件。比如飞禽、走兽。

1998年长江洪水灾害之后，中国实施了史上规模最大的退耕还林措施。得益于这一措施，陇西黄土高原这一中国仅次于沙漠戈壁滩的最干旱地区，生态环境也明显得到了改观。加上年轻一代普遍进城，村里偏远的土地也被撂荒，这样一来，村庄周围的荒地都成了野兽的天堂。

我离开村庄的2000年以前，野兔是经常奔窜田野山谷的小动物。一到冬天，总有人背着自制土枪，漫山遍野找野兔。雪后的大地，野兔觅食或是迁徙的踪迹，经常成为猎人跟踪的线路。有一次我跟随一位猎人去户外打野兔，循着雪塬上或三足印或四足印组成的连贯踪迹，在一处向阳的坡崖下找到了野兔。就在我们接近的瞬间，兔子跳窜而起，慌不择路地顺着崖埂逃离了。猎人迅速举起土枪，扣动扳机，铁砂子弹全部打在了崖体上，土雾腾飞，但兔子在烟雾里逃之夭夭了。

再后来，据说政府收走了全部土枪。农民又改用蓄电池布控电网，电击野兔。一只野兔在冬天的集市上，能卖出一只鸡的价格，对缺钱的农民来说，这也是一笔收入。再后来，电击野兔的行为也被禁止了。

野兔是食草动物，最喜欢吃苜蓿，其次是麦类、豆类庄稼，农人对野兔的痛恨，相比田鼠，要微弱一些。人为捕获野兔的做法不被官方认可，但村里来了野兔的新天敌——流浪狗。那是一群四五只狗组成的战斗群，领头的是一只黑狗，个子较大，其他狗有大有小。这个狗群的成员品种不一样，但很团结。在黑狗的带领下，"它们半月来一次，不进村，主要在山野追击野兔，黑狗领队，绕着山梁地埂，分工协作，有的在高处，有的在低处，有的在断后。像极了行军作战，野兔基本逃脱不了"。大哥对此十分惊异。

狗本是狼属，由人类驯化成了看家护院的豢养动物。这些被人类遗弃的野狗，自谋生路的过程，必然又向野性靠近了一步，未来是否会更加凶猛，是否会伤及人类，都是极有可能的。

自然界的生物链总是一环扣一环。父亲和姑姑1950年代放羊时，一只羊被狼咬死了,狼叼着羊走,父亲和姑姑在后面撵,狼停下来,人也停下来,狼走起来,他们就大喊大叫,这样骚扰着前进了一个山头,狼没好气地放下羊离去了。父亲和姑姑背回了死羊,吃了一顿羊肉。

有一次,姑姑和二伯家的大哥及二哥在村外的苜蓿地里拾地软,突然来了一只狼。姑姑和大哥认识狼,拔腿就跑,二哥年龄小,分不清狼和狗,在狼头摸了一把,他还想逗狼玩。山头路过了一位村学老师,看到了这一幕,大声喊叫,狼悻悻地离开了。姑姑和大哥才敢回头接走二哥。

还有一次,奶奶下地干活去了,姑姑守在家里。突然听到猪叫,姑姑跑到院里时,一只狼叼着一只猪仔越过院墙飞奔而出,院内只剩下一团土雾。姑姑吓傻了。生怕狼再次来袭,她叫醒家里的侄子们,爬上了院子一侧视野开阔的窑顶,度日如年地等候奶奶回家。

村里直到1974年,还有狼出没。一个夜晚,狼在我家的房前转悠,小花狗叫个不停,大哥当时是小孩子,躲在奶奶身后,偷偷看,奶奶一边不停地摔窗户,一边大声喊叫。一阵喧闹,狼离去了。

改革开放后,村里的狼消失了。可能是人类活动加剧的缘故吧!

再后来，村里的狐狸也消失了。

那是一个睡眼蒙眬的清晨，母亲说，鸡窝的一只鸡被狐狸叼走了。我醒来时并没有看到狐狸，倒是看到了一地鸡毛。那是1980年代末。再后来，村人再也没有见到过狐狸的踪迹。

有的动物离开了，有的动物增添了。

野鸡就是退耕还林之后才有的。野鸡糟蹋庄稼的能力，远比田鼠野兔要厉害，不论高矮粗细的庄稼，它都会飞进去祸害。刚下种的种子，它会刨出来吃掉；灌浆的穗粒，它会飞上去啄食。可能人类对野鸡很宽容，野鸡变得越来越肆无忌惮。起初，野鸡在野外孵蛋生小鸡，后来，野鸡直接来到了村庄，有锁门户闲置的门洞、草料间，成了它们抱窝的理想国。

房前屋后、庄稼地里，到处都有野鸡乱飞。

野鸡叫锦鸡，属于国家二级保护动物，农民个个都清楚，没人敢伤害。

野鸡出没庄院，倒是有一个好现象，蛇少了。野鸡除了吃庄稼，还啄蛇。

生物链自成体系，人类活动尽管多有影响，但人类并不能控制一切。人类想要的、不想要的，并不会因为人类的喜好和厌恶而改变。在村庄的微缩社会，人类只是大自然中求生存的一员而已。人类与干旱、与病虫害、与野兽的抗争，艰难而曲折，漫长而持久。

小暑

高原上最早成熟的作物是扁豆，小暑一过，扁豆的收获就开始了。

六月忙,地主的小姐请下楼

农历月令和节气之间,通常没有明晰的界线。在每年的农历六月初,基本会迎来节气中的小暑。

经过五月的升腾,一进入六月,天气开始流火。酷热让时间流淌的速度格外缓慢。

草木繁盛,收获季来了。

不论雨水多寡,村里的那些树木总是身怀绝技地将生活过得绿意盎然。榆树、柳树、椿树、白杨树、桃树、杏树、梨树、花椒树,树树都能昂首挺立。这些最耐旱的树种,消除了黄土地沉闷的寂寥。

不论有雨没雨,庄稼都要被命运裹挟着走向六月。

暑假是伴随夏收而至的。农家孩子的暑假,总是充实得要命。整整一个假期，植物课、自然课、劳动课，排得密密实实，实践一刻也不能停下来。

高原上最早成熟的作物是扁豆。孩童最能应付的劳作就是拔扁豆，因为它娇小。半尺高，徒手就能拔。拔完了扎垄也简单，一撮一撮拔出地的扁豆苗攒在一起，倒立，挑出强壮的秆茎，两两对折，相反方向绕根部转一圈，打结，一笼扁豆就包扎好了。

扁豆生长再旺盛，也超不过筷子高。扁豆再缺雨，也能长个半尺长。拔扁豆的劳动，不费力，容易出活。蹲在地上两三分钟，就能拔一笼。不像别的高大庄稼，人一进地里，立马就被庄稼的气势压倒了。

我幸运地遇到了中国最严厉的父母。他们深信"穷人家的孩子早当家""忧劳兴国，逸豫亡身"这些教条，他们一辈子严格要求自己，劳动从不偷懒，出工从不迟到，所以他们也不可能对下一代有所松懈。娇惯孩子对他们而言，就是触犯天条。

天不亮就出门，是六月的常态。

扁豆是最早播种的庄稼，也是最早收割的庄稼。小暑一过，扁豆的收获就开始了。当地有农谚："小暑见角（ge）子，大暑见摞子"，说的就是节气一过小暑，扁豆的豆荚就成熟了；大暑一过，小麦就该收割，地里就该看到麦垛了。

接连作战，满地脆黄的扁豆苗变成了扁豆拢。大人工作一天，所有的成果都要规整起来。跟着大人拔一阵，扎好的扁豆拢多了，大人就要求小孩码放豆拢。这种跑来跑去的活，大人懒得干，大人的腰腿也没有那么灵活，倒是很适合活泼好动的孩子完成。

挑选相对凸起的地方，将星罗棋布的扁豆拢移动到一起，按照 10×10 或者 10×5 的规律，整齐排列起来。这样可避免积水浸泡豆拢，也有利于风干。豆拢多，摆数个阵列；豆拢少，摆两三个阵列。

一天工作结束，看看列阵的豆拢，就知道工作量。一块地收割完毕，看看豆拢，就基本能判断收成多寡。离开地块，困乏的农人还要数数豆拢，然后不悲不喜地离开。

扁豆刚刚拔完，迎着大暑的脚步，冬小麦也走向了成熟。

麦黄在一年之中最酷热的时候，焦灼的太阳炙烤着大地，小麦从头到脚都会迅速干枯。割麦速度一定要快，要防止漫不经心的阴雨天，以免麦穗发芽。要防止突然袭来的冰雹，以免到手的收成毁在田地里。

麦黄六月的村庄不再有闲人。

当地人说，"六月忙，地主的小姐请下楼"。意思是到了麦黄时节，

成熟的麦田,等待收获

地主的千金也要走出深闺，干些力所能及的活。

贫瘠的年月，麦子全靠手拔。拔出来的麦子，能多一些秸秆根，可用于烧火做饭。拔麦子，全凭气力决胜。身形敦厚、力大之人，不论男女，都是干活泼辣，抗酷暑能力也强。他们蹲在地面，张开的虎口能揽入一大撮麦秆，收缩虎口，捏紧，用劲提拔，麦子连根出土。另一手同法使力，两手交替，左右开合，几秒钟就能拔倒一捆麦。拔在手里的麦子攒多了，朝地面磕两下，去掉根部的泥土，甩向一边，继续开拔。壮劳力拔麦，活像一台收割机，所到之处，麦子全都服服帖帖归顺倒伏。

后来，拔麦的人不多见了，大家更喜欢用镰刀割麦。左手接应，右手伸出镰刀，勾定50厘米见方区域内的麦秆，拉进接应之手，攥紧，镰刀腾出，落地勾拉，哧啦一声，一大撮麦秆应声断裂。

收割麦子，古人早就发明了比镰刀更高效的工具。《王祯农书》中记载了三种艺麦工具，分别叫麦笼、麦钐、麦绰。这三种工具，都是用较大的竹编筐安装利刃，或甩动收割，或拉车收割，"笼、钐、绰，三物而一事，系于人之一身，而各周于用，信乎人为物本，物因人而用也"[1]。

---

[1] （元）王祯撰，孙显斌、攸兴超点校：《王祯农书》，湖南科学技术出版社，2014年，第587—589页。

骄阳高悬，汗珠滚动，麦子一株接一株应声倒地，麦粒鼓动着农人在大地蠕动。

我曾发誓要认真割麦，但是进入麦田不到半小时，腿脚、臂膊就不再协调连贯了。速度慢下来，父亲责怪的眼神远超骄阳的烈度。母亲总能同情地解围，"去，你割不动给咱去束麦"。

满地沉卧的麦子，要全部束成小捆。就地取材，选最长的麦秆做麦腰。头部对折，反手扭曲，形成结巴，反方向扣在地面，抱来麦子压上去。抓住麦腰两头，用力束紧，对折打结，一捆麦子束成。

束成小捆的麦子，两两相对倚立，四组成型。顶端放两捆，或头部绑定顺立，或头部绑定倒立，成为顶子。承担顶子任务的麦捆，要将秸秆披挂均匀，完全包裹住四组麦捆的头部。这样，顶子起到了很好的防雨作用，任凭风吹雨打，十捆麦子组成的小麦垛就可以岿然屹立了。

依此，满地的麦捆十捆一垛组合成队列，卫兵一般整齐。一块地收了多少捆小麦，码完麦垛的人就能记得清清楚楚。数清楚麦垛，计算清楚麦捆数量，也是锻炼小孩数学运算能力的一个好机会。这个算式，远比课堂上老师凶巴巴传授的算法要有趣得多。人生而为人，智力真的千差万别。村里有小学上了好几年毕不了业的孩子，大人会取笑其为"校长"。那时候割麦，还真有算不清楚麦垛数量的"校长"式孩子。

麦子丰收的一年,秸秆高大,麦穗壮实,小麦垛也会变得高大威武。农地里干活的夏天,有时候会突然飘来雷阵雨或者冰雹,四组麦捆倚立的小空间,可以钻进去两个人同时避雨。

麦地里的劳动,没有一样是轻松的。下地经历过无数皮肉之苦,我对劳动充满了深深的恐惧。那些自己从不劳动而歌颂劳动的人,绝对给劳动者构成强大的侮辱。那些自己劳动过依然赞美劳动的人,我很怀疑他们的劳动是不是真的用过力。

1990年代,麦子是村庄种植面积最大的作物。大暑到来的时候,遍野金黄。小麦是上等作物,家家都设法将小麦安顿在最好的水平梯田里。

小麦种植面积的大小,与人们的饮食记忆直接挂钩。2022年已是87岁高龄的许老汉,谈及他年幼时给富户人家放羊的经历时说:"吃饭白面不多,吃馍馍更没有白面,糜谷面、杂粮面才是日常吃食。白面只有过年才有可能吃一顿。"

老人的记忆,大都是饥饿。

父亲是1947年生人。他的记忆中,白面依然是最精贵的吃食。合作化阶段,即使除去三年困难时期,其他日月挨饿也是常事。1967年出生的大哥,记忆中也是满满的饥饿情景。

白面依稀,只有逢年过节才能饱食。日常生活,只能是糜谷面、杂粮面充饥。

吃不到白面,为啥不大面积种植小麦?不了解黄土高原瘠薄的人,大可像晋惠帝一样发出"何不食肉糜"的疑问?

陇西黄土高原,不是农民不想多种麦,而是确实没有想种什么就能种成什么的条件。天不落雨,你怎么努力,种下去的庄稼,芽都不发。要么就是春夏风调雨顺,庄稼生长茂盛,临到收获季,一场冰雹,颗粒无收。

从初春下种以来,农民一直在提心吊胆地期待盛夏的到来。对所有的庄稼而言,生在陇西黄土高原上,无疑是一次危险的生命旅程。霜冻、干旱、病虫害、风、雹……名目繁多的灾害,每年总要发生几种,威胁着庄稼。

所有灾害当中,病虫害问题在工业时代有了良好的解决方案,如果不顾忌未来土壤失衡、生态污染的后果,当下发生什么虫害,市场就会生产相应的克敌药物。黄土高原上的干旱问题,"万能的市场"同样也拿不出良方。霜冻、风暴,同样无从防备。

为规避各种风险，合作化时期，人民公社开始推行"三三制"种植结构：三分之一小麦，三分之一豆类，三分之一秋田。这是多年种植经验规律运行出来的最合理的结构。这个结构有利于作物倒茬，也有利于应对十年九旱和各类病虫害导致的作物减产。夏粮减产秋粮补，秋粮减产杂粮顶。总之，作物多样性才能抵御可能面临的饥荒。这种做法，也有历史渊源。《汉书·食货志》就记载，战国时期的农民"种谷必杂五谷，以备灾害"。

人民公社解体，合作化解散，农民重回单打独斗的小农模式，但种什么作物，依然有"三三制"遗风。尽可能让作物品种多样化，是抗击各种风险最有效的办法。

陇西高原大都是台地，条分缕析挂在山巅崖畔。秦人从陇西高原东越陇坂，盘踞关中，最终实现横扫六合。关中沃野，八百里秦川，大片良田正是秦人雄起的根基。

从汉武帝时期开始鼓励种麦，到后代，关中种麦有了悠久历史。1980—2000年之间，陇西高原从合作化运动中解脱出来的农民一到盛夏，都要去关中割麦子。农民叫赶麦场。

关中人管陇西人叫麦客。侯登科那张著名的照片，反映的正是割麦的农民。那时候陇东南人民去关中，艰难程度不亚于秦人。没有高速公路，汽车不方便。陇海线的火车是最便捷的交通，火车沿线渭北高原的农民，要么扒上煤车，要么爬上绿皮老慢车，穿越渭河峡谷，在关中割麦子一干就是一个月。

我们村有个人，去陕西割麦还闹了个大笑话。当时火车特别挤，没有座位。很多人都在过道里或坐或躺，他选择躺在别人的座位底下。躺了许久，尿憋了。人太多，挤不到厕所去。他看到座位底下有个搪瓷脸盆，拉过来直接撒尿。不一阵，列车员发现了。原来，那搪瓷脸盆是列车员的洗脸盆。他被列车员揪着耳朵从座位下面扯了出来，一顿暴揍加批评教育，依然不解气，最后还罚他打扫卫生。这糗事他自己不愿提，同行赶麦场的人回到村里，当成见闻迅速向大家宣传。

关中主人选用麦客，会用最大的碗盛足够多的面，送给麦客吃，谁吃得多，谁被录用的概率就大。能吃能干是个死规律。这个场景在麦客中有流传，在文艺作品里也有表现。

关中割麦，古时候的大户雇用的必然是关中周边山区的穷人。新中国成立后，土地集体化，乡村没了富人，也没了地主大户，人人都得干活。割麦自然是所有人的事。改革开放后，甘肃的富余劳力，会在麦黄六月奔赴关中赶麦场，这短期打工，能挣来一点现金收入，改善日用。

进入新世纪，再也没有人去关中割麦了。大型收割机不仅在关中大行其道，也会在麦熟六月的陇西山峦上突突突穿梭不停。

大暑

挓开地边,
最犟的毛驴也没有
任何抗拒耕地的理由,
只能乘乘来回拉犁。

夏浅耕 秋深翻

我想在睡梦中继续逗留，父亲的罐罐茶已经喝完了。他喊一声，我就得立马爬起来。如果等待第二声，有可能招来严厉的训斥。

揉揉睡眼，下炕时，父亲已经出门了。

天还没亮，毛驴其实也还没有睡醒就被赶出了圈门。

这是黄土高原最热的季节，黎明的空气散发着幽暗的微凉。我们要去的是一块距离村庄不远不近的地块，那里刚刚收完扁豆。父亲要进行伏耕，这是一年之中重要的农事活动。

我的任务有两项，一项是犁地边的时候拉驴。另一项是将未耕地块上的庄稼挪移到已耕地块继续晾晒。

村庄的土地是山地和川地组成的，四分之三是山地，四分之一是川地。川地之川并不大，但川地的确平坦，肥力好。很遗憾，包产到户的时候，我们家没有分到川地。能获得川地的人，大都是农业合作社管事的人,或者和管事的人走得近的人。绝大多数人分到的地都是挂在漫山遍野像破布条一样的山地。

除了川地,水平梯田也不错。水平梯田不跑水,能聚肥,也是好田。农业合作社时期,一到冬天就要大干水利。村里很多山地变成了水平梯田。近些年,国内很多县都实施了梯田建设,是大型挖掘机开到地里,轰隆隆开过去,就能把半个山头掀翻的那种施工办法。看看现在机械化的梯田建设,再回头看农业合作化时期农民靠铁锹、架子车实施的工程,难掩悲怆。

20多年愚公移山般的大干水利,村里有三分之一的山地变成了水平梯田。我们家分到的水平梯田有四块。其余的全是山地,大概有十几块。

除了川地耕作时不用拉驴外,水平梯田和山地都挂在半山腰,地边都是高则数十米低则数米的悬崖。地边崖体是荒坡,各类杂草葳蕤而生,时时向着田地蔓延。每一个农民都想把地边的土地耕熟,阻止杂草向地块内延伸,但这个任务实施起来并不容易。

面对高悬的崖面,拉犁的大牲畜都不想冒险走到地埂边。不论牛还是驴,它们身上的拉力系统与犁的连接,足有两米长,牛驴到不了地边,犁铧自然就耕不到地边。

人还在丢盹,毛驴也走得没精打采。到达地块,我得眼疾手快给驴下套。两头驴的辔头用一截 80 厘米左右的缰绳连起来,这是让驴失去自由的第一步。紧接着分头给毛驴套上夹板、披肩、扯绳、拉棒组成的拉力器,再用大拉棒将两个小拉棒连接起来,两头毛驴便被彻底组合在了一起,失去了各自自由行走的权利。它们必须步调一致,必须齐心协力向前看、向前走。任何向左向右的行进,都会因为互相牵绊而无法得逞。

我踩在地边,拉着驴辔头走,驴跟着我的指引走。即使我掉下了地埂,驴子也会用它的头颈将我拉扯一把,重新走上来。如此反复一个来回,地边也就耕出来了。

农民管耕地边叫扯地边。扯地边如同扯布。扯布讲究稳准狠,要掐头连边,不能有毫厘之差的浪费。只要缺口打开,顺势拉扯,齐整整一条线就扯到位了。扯地边,其实体现的是农民寸土必争的精神。农民不会浪费毫厘土地,其惜物意识不亚于商店的售货员对布匹的珍视。

我去城里之前,我们家养了一头骟驴,特别听话。即使非常犟的驴和它组合在一起,它的听话也会感染得犟驴不再太犟。父亲性格暴戾,毛驴有丝毫不听话处,就会用鞭子伺候。久而久之,驴都很怕父亲。怕的结果自然是毛驴不想给父亲冒任何风险。像耕地边这种活,毛驴几乎是刻意抗拒,躲得远远地走,任凭鞭子如雨下,也不到地边去。

莜麦

我无从想象，我不在的时候，家里人都去忙别的农活时，耕地边这种事父亲到底是怎么应对的。可以肯定，驴是要吃很多鞭子的，父亲肯定是要被气得唉声叹气加暴跳如雷的。

这样的农耕日常，年复一年，父亲坚持到70岁以后，不再种地了。我家那个很听话的骟驴，在我离开家乡的21世纪初，生病了。一头毛驴的寿命，最长也只有20年左右。那头毛驴和我年纪相当。它用归顺博得了主人的好感。最后的日子，据说它突然起不来了。一头驴是一个家庭的农本，骟驴病倒，也是家庭的重大损失。父亲决定卖掉它，再置换一头新驴。骟驴是被三轮车拉走的，走的时候，双眼流着泪。母亲心肠软，经常感慨说，"那驴特别乖，特别听话，灵性得很"。是啊，驴子何尝不是通人性的？

再后来，父亲养了一头牛，一只驴。驴和牛搭配在一起，总是不和谐。我偶尔回乡，帮助父亲干农活，我的任务还是拉驴。一次挖洋芋，牛驴搭配，互相偷懒，都不使力，任凭父亲鞭子如雨下，也不使劲，两两还有挣脱缰绳和拉棒向左右分散的企图。尤其那只驴，几乎像个小鬼，一惊一乍。可能童年时期受了惊吓，死活不听话。

村里也有家中没有小劳力的人，耕地边从不用人拉驴，他们的策略是哄骗的口气，大声对驴说着话，一手紧握犁把操控方向，一手用鞭子棍抵紧犁辕梢，整个人都佝偻着身躯几乎贴于犁上，用尽浑身气力将犁倾斜着推向地边，一寸一寸向前耕进。

这样的人性情温和，通常都能与自家的毛驴建立感情，毛驴也能配合主人完成扯地边。

一去一回，接连两趟，地边就扯开了。挪移庄稼的任务为时尚早，我可以偷一会儿懒。

扯开地边，最犟的毛驴也没有任何抗拒耕地的理由，只能乖乖来回拉犁。当然，耕田过程遇到杂草，驴还是想吃一口的，不过这馋嘴的举动，往往会迎来皮鞭的教训。也有仁慈的老农不会计较这点小举动，但恃宠成娇的驴子会不断吃草，耕地过程就会完全被打乱。

强壮的毛驴，一个上午也只能耕地半垧。一垧等于2.5亩，也就是一上午耕地1.25亩左右。牛耕稍微慢一些，但牛的耐力好，一个上午也能完成同样亩数的面积。从天不亮入地到十点多停耕，连续工作时间往往在五个小时左右。

伏耕也叫夏耕，伏耕的作用至少在三个方面体现。首先，伏耕之后的土地，故意不耱，沟槽起伏。耕后一月等待下雨，可以充分聚水。尽量多地接纳雨水的土地，能很好地保持墒情。伏耕的第二大作用，在于杀除杂草。秸秆还田，可以增加肥料。伏耕最重要的作用，在于让田地的营养层实现暴晒，达到杀虫、杀菌作用。同时还能让土壤变疏松，增强透气性。

"伏里戳一橡,赛过秋里耕半年。"

当地流传的这句农谚,强调的正是伏耕的重要性。

伏耕讲究浅耕,只需耕三寸,也就是十厘米左右。老式木犁,辕和犁体结合部位的木楔,可以调节组成角度。犁辕下降,犁尖抬高,犁铧入地就浅。相反,犁铧入地则深。老农上地,多会自带垫片,适时调节犁辕角度。

耕地过程,农人最大的作用在于掌握方向。有爱惜驴子的人,同时要略微提着犁身,浅耕,让驴拉犁更轻松。遇到驴不听话,按压犁身,可以增加阻力,类似刹车,防止莽撞的驴子加速或者乱跑。

夏浅耕,随着夏季庄稼收割的进度,依次是扁豆地、冬麦地、春麦地、洋麦地、豌豆地。一天一亩多,这些夏田地耕完,往往得半月时间。

伏犁地一般要暴晒一个月,不够一月,达不到效果。月末,伏犁地要等待一场透雨,才能平整。平整土地的过程,当地叫耱地。耱既是名词,也是动词。关陇同俗,关中和陇西叫法一致。耱是由柔韧性较强的荆条编制而成的农具,由畜力拉动,人站立其上,能将各类胡基(土坷垃)粉碎。只要下过雨,耱过之地,表皮就会变得平整而绵密。如果遇到无雨的伏天,伏犁地就只能静悄悄沉积着,任由土坷垃一日比一日变得坚硬。

犁地运动从地边向里推进到三五米的时候,就得赶紧挪移成拢摆放的庄稼了。扁豆拢娇小,一把能抓三个,两手能抓六个,挪起来快速。遇到小麦、洋麦、豌豆,都是大捆庄稼,挪起来要花一些气力。进度过慢,直接影响犁地。

如果风调雨顺,伏犁地等到了透雨,也进行了平整。立秋至处暑之间的时间,就要择日深翻。

夏浅耕,秋深翻,土地就耕熟了。

深翻要达到五寸以上,活土层必须全部翻起。深翻时沟槽要更细密,间距更窄一些,这样畜力就能轻省一些。不过过程要更加漫长。

深翻的目的,为了让"强土变弱",打耱的结果是"弱土变强"。

耱的过程地表会形成平整、均匀的细粒覆层,切断毛管上升,减少蒸发。深翻之后的土地,再耱平,变得松软如棉被,人走上去,脚踝都会陷进去。这样侍弄过的土地,带着墒情安然入冬,会封存农人一年的希望。严寒的冬日,再经历几场大雪,土地会变得更加松软。待到春来时,任何种子落入这样的土壤,都会孕育出一季繁华。

农人对夏田地会精耕细犁,对秋田地,往往无暇顾及。秋收开始后,庄稼一茬接着一茬,都需要颗粒归仓。一眨眼就到了霜降时节,大地封冻、胡麻地、糜谷地、荞麦地、一无时间、二无精力去翻耕。秋田地经历霜雪软化，来年种豆类作物，反而比较适宜。

犁地是耕种的基础。

中国古人对于犁地十分重视，在各类农书中都有精要记载和论述。当地农人通行的深翻法，与《氾胜之书》的描述基本一致，"春冻解，地气始通，土一和解。夏至，天气始暑，阴气始盛，土复解。夏至后九十日，昼夜分，天地气和。以此时耕田，一而当五，名曰膏泽，皆得时功"[1]。

犁地也是一件沉闷的事。

铁铧的形状很像B2战略轰炸机。铧尖入地，铧身翻土，犁铧经过的地方，只能翻起40厘米左右的地表。这宽度也是铧身的宽度。一个农民，两头驴，行进在大地上来回运动，宛若一个小学生拿着铅笔划一页空白的纸，每一行紧挨在一起划，满页纸全部划上印痕，无疑是一件艰难而耗时且考验耐力的活动。犁地，除了体力的消耗，还有耐心的消耗。

犁地是在一块土地上循环往复，稼穑是在一座村庄里循环往复。这

---

[1] 石声汉：《氾胜之书今释》，中华书局，2021年，第8页。

循环往复的单调沉闷，是农民一生的意义。农业生产因循四季的规律，是年复一年的不断重复。生命的意义归类于这种自然循环，只有与重复妥协，才不致乏味而变得充实。

我离开村庄前一年，父亲给我分派了加倍的农活，他想让我快速成长为技术精湛的职业农民。有一个清晨，他命令我去把半山腰的一块麦地犁一遍。那是有生以来我一个人单独犁地。我的印象中，把握犁铧的平衡十分困难，远比十多年后我操作汽车方向盘要难很多很多。

经验老到的农民犁地，划出的每一道沟槽都是平直的直线，一垄覆盖一垄，压茬推进，一块地就在循环往复中全部翻熟了。我无法掌握较好的平衡，左右摇摆，耕出来的是曲线，弧度过大的地方，直接漏犁了。

毛驴一度还有点偷懒倾向，我学着父亲的模样，向驴背狠狠抽鞭子，结果毛驴生气了，奋力向前，直接将犁拉离了槽沟。我用力将犁铧向地下摁压，力图让它们回到轨道，似乎作用也不大。最终只能在驴子偏离方向时甩出空鞭，才让它们回到了正轨。一番惊吓，我再也不敢轻易打驴了。

父亲的训练最终失败了，我还是离开村庄进入了城市。

立秋

二月里种胡麻，
八月里拔掉它。

拔胡麻

离开的时候，村口有人正在拔胡麻。

这一天是立秋。

前一天，太阳火红，大地炽烈。当晚，夜空冷清，室外着短袖有些瑟缩。借着一颗灯泡的微光，一场家庭聚会一直进行到深夜两点。离开村庄20多年，从来没有在夏夜这样惬意地聚在一起过。父母，我们兄弟三人，还有大哥的儿子和孙子。那一夜，父母是最幸福的人。聊天有一搭没一搭。他们要互相分享各种见闻和认知，还有那些纠葛着家族血脉情感的是是非非以及联络着村庄熟人感情的恩恩怨怨。

我关于农耕的问话，并不能引起他们太多的兴趣。我反复求证，按照传统规律，立秋之后，是拔胡麻的季节。

立秋的当天，天色阴沉。气温比昨天舒适了许多。

两月半前回村，靠近村庄的道路，绿荫覆盖。与春节离开时的模样，完全是两个世界的景象。公路缠绕在山巅，山两边的梯田里，各种庄稼正在竞相生长。忽然一个转弯，山底映入眼帘的是一汪蓝莹莹的清泉，迎着微风，荡着碧波。惊讶这熟悉的区域，何时多了一个堤坝。绕过一道湾，又是一汪，方才恍然大悟，那波光盈盈的平面，并非清泉，也非水色，而是一片胡麻。

农历壬寅年，春节过后不久，甘肃就深陷新冠疫情。

人的活动在静默，春天在肆无忌惮地生长。

立夏一过，黄土塬无所不能地释放了绿意。互联网让数据测算变得无孔不入，且无比精确。人类已经经历过无数次病菌的侵袭和无数次瘟疫的侵蚀，新冠疫情的应对策略和方式，是人类战胜疫情历史上至今最发达的一次。每一波疫情到来，总会让人群陷入极度恐慌。一旦清零数日，人总会迅疾蹑摸着走动起来。

两月半前回村，是农历五月下旬，夏至刚过两天。胡麻花开正艳。

一粒籽实，发芽之后，如果发现周围缺少同类，就会发出三四支植株，每个植株再生出四五朵花骨朵。每一朵淡蓝的花，像一只青花瓷碗，摇曳在挺拔的主干上。天空瓦蓝，与胡麻映衬，时空宁静。人不由得想象一场丰收的降临。

近距离走近一株胡麻，让20年前关于胡麻不太牢靠的记忆又找到了复活的路径。

半月前回村，胡麻已经结实。每一株植株之上，都顶着四五个球形蒴果。每一个蒴果的直径约6—9毫米，顶端微尖，底部围着叶片，似莲花。每个蒴果裂成5瓣，结籽一般在10粒左右。胡麻的籽实呈长圆形，扁平，长3.5—4毫米，颜色呈棕褐色。

胡麻的成熟，主要从蒴果判断。当蒴果由青绿过渡成棕黄色，就意味着胡麻完全熟透了。

初夏淡蓝、盛夏青绿、立秋棕黄。

胡麻从花瓣轻灵到蒴果紧实，一直都在随风摇曳。立秋时节的微风吹过胡麻地，枝叶互扰的唰唰声里，还夹杂着蒴果坚硬碰撞的哗啦声，格外清脆悦耳。这是所有庄稼少有的声响。胡麻由此也成了夏秋时节最骄傲的庄稼。

"八月里到了八月八／高高的山崖上拔胡麻／王哥一把我两把／拔下的胡麻抿头发／木梳么梳了篦子刮／没有个镜儿你辫住吧／辫子辫了个九条龙／越看尕妹越心疼。"

这是青海花儿《王哥拔胡麻》的唱段。

在陇右地区，秧歌小曲《拔胡麻》也有类似唱词："二月里种胡麻，八月里拔掉它。"

在陕北高原，庆阳环县唢呐演奏曲目中，有一种老调也叫《拔胡麻》。

这些区域，都是中国大面积种植胡麻的地区。

八月初八，河湟地区的胡麻成熟，开始收割。河湟地区是中国三阶台地中最高阶——青藏高原和第二阶——黄土高原的过渡地带。八月初八时，陇西黄土高原的胡麻其实早已完成收割。村里曾经采用古老方式种田的人，都是在立秋之后开始拔胡麻的。相对较低的海拔，有着相对温暖的气候，作物成熟也较高海拔地区更早。作物成熟期、收割期不同，但人们对于胡麻的钟爱基本一致。

"拔胡麻"的意象反复出现在胡麻种植区域的民间文化传播中，可见"拔胡麻"有着特殊的情感寄托和情感表达。这朴素的情感，大抵因为胡麻精贵。胡麻能榨油，是上佳的油料作物。能敷伤口，确为粮中精品。

现今的胡麻，经过品种改良，成熟期明显提前了。2022年，农历五月回村时，胡麻正在开花。六月下旬大暑节气回村时，有些人已经开始拔胡麻了。再过半月，农历七月初七，立秋日回村时，大哥的胡麻已经完全收割，村里只有少数人还在拔胡麻。

立秋拔胡麻，胡麻是高原最好的油料作物

不独胡麻，各类庄稼经过品种改良，再加上全球气候变暖的原因，都有了早熟现象。2022 年，村中年龄最长的老农人向我感叹："现在的年轻人胡弄呢，看不懂！现在的农业没规律了，但是人家种得早的庄农，照样有收成。"

规律，是漫长的重复动作总结出来的事物运行习惯。老农人有生之年经历的社会变革，比之先辈，过于天翻地覆，自然有了跟不住节奏的慌乱感。一年后回乡，他已溘然长逝。

胡麻的秆茎是一种粗纤维，尤其表皮，有一层韧性十足的麻衣。拔胡麻，并不是一件轻松的活计。不像小麦和豆类作物，秆茎都比较脆弱，徒手拔起来，也不会对手造成伤害。胡麻坚韧的秆茎，拔起来非常吃力。如果耕种时多雨，土地被踩踏形成板结，或者低洼地带因为雨水聚集形成板结，胡麻就很难拔出。

拔胡麻的季节，正是暑假。小时候，是难以逃脱这个厄运的。我记得我也向大人看齐，一下地就会用力拔，但是拔不了一阵，小手指及手掌边缘一带很快就被胡麻勒出了血印。疼痛难忍，再也懒得动。那年月过于贫瘠，农民连一双像样的手套都没有。不过父母的手总是像铁打的一样，厚厚的老茧，任凭多么顽强的胡麻，都被连根扯断了。

胡麻的蒴果互相串联，这一撮植株和另一撮总是连在一起，要拔就得接连拔。胡麻的这个特性，导致人进入胡麻地，寸步难行，一不小心就会摔跤。所以，胡麻地里，从来没有小孩子玩耍。可能野兔、野鸡、鹌鹑等动物在胡麻地里，也是施展不开腿脚的。

胡麻蒴果的相互粘连和胡麻茎秆的坚韧，构成了胡麻捆绑扎带制作的极大便捷。早前的农民，都要将拔好的胡麻做成束子，立在地里晾晒。胡麻束子的制作，有着极强的工艺流程，没有经验的人，一般很难完成。

先用拔好的小股胡麻，制作一根长两米五左右的扎带，平直铺在地上。拔好的胡麻头部靠近扎带依次均匀摊铺，接着倒立状再铺一层较薄的胡麻。两层胡麻像被子一样叠在一起。铺好以后，在较薄的一侧，倒着放一小撮胡麻，然后将扎带的一头折入胡麻被，依着扎带用力将胡麻被卷起来。再从卷紧的胡麻被抽一小撮胡麻秆茎，与扎带的尾部交叉，用力对折拧在一起，一个胡麻束子就扎成了。最后一步是围绕倒立的那一小撮，将铺得较薄的那一层胡麻再用扎带束起来。此时，胡麻束子就有了头，有了浑圆的肚子，有了紧俏的腰线，有了敦厚的基座。

胡麻束子束得好不好看，全凭农民的经验和技巧。不同的人做出的束子，总是千差万别。能做一手好看的胡麻束子，也是农民的一种骄傲。胡麻束子的主要功能在于晾晒，但是倒立的胡麻束子，并不利于排水。一旦下雨，雨水会顺着胡麻秆茎从头灌到脚。从防水的角度看，胡麻束子并不适用。但早前的农民都这样做，一个更大的原因，可能是为了便于运输。陇西黄土高原，早前只能依靠肩挑背驮；后来有了架子车，路还是很窄小；再后来有了机械车辆；现在农民基本不再做束子了，而是做小捆。

与今世将胡麻收割后在田间地头晾晒干燥拉回打麦场脱粒的方式不同，中国古代有独特的胡麻收获方式，"刈束欲小（束大则难燥，打手复不胜），以五六束为一丛，斜倚之（不尔，则风吹倒，损收也）。候口开，乘车诣田斗薮（倒竖，以小杖微打之）；还丛之。三日一打，四五遍乃尽耳（若乘湿横积，蒸热速干，虽曰郁浥，无风吹亏损之虑。浥者，不中为种子，然于油无损也）"[1]。

不清楚古人在地里收了胡麻籽以后，是如何处理胡麻茎秆的。在陇西黄土高原，田间生长的一切，都要拉回打麦场。胡麻打碾脱粒以后，胡麻蒴果和叶片被粉碎后，可以做猪饲料。胡麻的茎秆可以作为柴火，用于烧饭。一厘一毫都不会浪费。

关于胡麻的身世，因为它姓胡，后世文献大都认为它来自胡人，经由张骞从西域引进到中国。至少从东汉开始，中国大范围开始种植。

---

[1] 石声汉译注，石定扶、谭光万补注：《齐民要术》，中华书局，2015年。

胡麻到底是什么麻?

解答几乎成了笔墨官司。

历代文献,对胡麻一词的引述,含义混乱,指向芜杂,几乎成了千年悬案。当代农学家为了澄清这种混乱,有很多争辩。

《氾胜之书》有"区种荏,令相去三尺。胡麻相去一尺"的条目;《四民月令》有"可种植禾、大豆、苴麻、胡麻"的记载。《齐民要术》引述《广雅》说:"狗虱、胜茄,就是胡麻。"又引述《本草经》说:"胡麻,一名巨胜,一名鸿藏。"

到了南北朝时期,梁朝的陶弘景在《本草经集注》中注解胡麻时说:"一名狗虱,一名方茎,一名鸿藏,一名巨胜。叶名青蘘。生上党川泽。""八谷之中,惟此为良,淳黑者名巨胜。巨者,大也,是为大胜。本生大宛,故名胡麻。又,茎方名巨胜,茎圆名胡麻……麻油生榨者如此,若蒸炒正可供作食及燃耳,不入药用也。"魏晋时期多位医家注录《神农本草经》,胡麻至少有了五个别称:狗虱、巨胜、藤宏、鸿藏、方茎(方金)。

后来,胡麻和芝麻的称谓在文献中处于混淆状态。

"胡麻好种无人种,正是归时底不归",这首唐人闺怨思夫的诗,所说胡麻就是芝麻。此诗强调只有夫妻一起种芝麻,才能开花结籽。可见唐人将芝麻和胡麻已经分不清楚。

王桢《农书》引用古籍,也认为胡麻就是脂麻(芝麻)。

李昕升、王思明《释胡麻——千年悬案 "胡麻之辨"述论》一文认为,是陶弘景搞乱了胡麻的名实之分,"是胡麻分歧的最初根源"。该文强调,其实,胡麻就是亚麻[2]。也有学者指出,胡麻是亚麻的一种,即油用亚麻。胡麻和亚麻没有区别关系,两者只有包含关系。

毕竟,胡麻和芝麻的原产地问题,一直不能依靠考古来支撑破解,就着史籍文献争辩名实,千年之久的名实错位,纠正起来实在烧脑。

胡麻到底是什么麻,需要大家来到青海高原、来到陇西高原、来到蒙古高原、来到陕北高原。那里的千山万壑间悬挂于凸岭荒甸边类似破布条一样的土地里,每年都会盛开胡麻花,每年都会收割胡麻籽,每年都会压榨胡麻油。那沟壑里蜗居在黄泥小屋或是窑洞里的农民们,每天都会用胡麻油烹调,每年都会演绎《拔胡麻》。种胡

---

2 李昕升、王思明:《释胡麻——千年悬案 "胡麻之辨"述论》,见《史林》2018 年第 5 期。

麻是生计,《拔胡麻》则赋予了爱情,赋予了理想,赋予了未知的渴望。

只有来看,来听,才能懂得胡麻对于这方水土的意义和价值。

只要来看,来听,你再也不会在乎笔墨官司里的胡麻,到底是何物。

处暑

拉田上场成了立秋至处暑阶段的当务之急。一对毛驴，一辆架子车，四五个人，是拉田的标配。

拉田上场

盛夏持续高热,一月有余,收割好的各类庄稼就都干透了。

拉田上场成了立秋至处暑阶段的当务之急。

拉麦首当其冲。

麦和白面馍馍、面条紧密相连,20世纪后半期至21世纪初期,陇西高原的农民最看重的庄稼是小麦。

拉麦的日子,必须选在天晴道干的时候。2003年前村里没电,农民没有电视,看不到天气预报。有广播的人也不多,大家也不习惯借助广播听天气预报。不过,农民都有简单观测天象的能力。当晚夜空的晴朗程度、风向,都是预判第二日是否有雨的重要条件。

拉麦总在天不亮的时候就出动了。农民总是希望天无限长,夜高度压缩。起早贪黑这个成语的发明者,必然是个下过地的苦心人，或是对那苦心有着深刻体悟之人，绝不会是每日睡到日上三竿才起床的人。

乡村的孩子，从记事起，只要不去学校，每天都要参与农活。拉麦这种事，我至少参与了十几年。所有的记忆压缩起来，是高度浓缩的状态，轻易不敢开启。

一对毛驴，一辆架子车，四五个人，是拉田的标配。山村的田地，都挂在崖边埂畔，一来路途遥远，二来道路狭窄崎岖。拉架子车的掌辕人必须是后生。体力较差的人，很难降服车子，尤其拉了满满一车麦捆的架子车。五步一坡，十步一棱，平缓的道路少之又少。全村只有进村的一公里多道路是平道，但这一公里道路串联的土地并不多。更多的土地都在村前村后的沟壑里。

有的地块，架子车可以直接拉进去。架子车停在麦垛旁，垫平放稳，一人装车，多人帮转，一晃十个麦垛就装上了架子车。驾车的要领，关键在重心。车兜里装田，车屁股和车辕上也拉了绳网要装田。麦捆填满车兜之后，就要向两边延伸，以开辟更大空间，在上面架设更多麦捆。架着架着，人就变成了高空作业。有的人把握不住重心，架田要么偏离左右，要么失据前后。偏离左右轻则行走不稳，重则翻车坠崖；失据前后要么车头重得掌辕的人抬不起，要么车屁股太重压不住车辕，这种情况寸步难行。

装满一车麦捆，用木橛压顶，一头的绳索连在车辕，另一头绑在车尾。车尾绑木橼的绳索尽量紧绷，矮于田禾高度。木橼另一头升向车头方向时，高高上扬。车头的绳子必须一头绑死在车辕一侧，绕上橼头，两三人用力拉拽，直到木橼被牢牢压进田禾，然后将绳头绑死在另一侧车辕。绳子形成了一个标准的三角形，稳固地扣住了高高一车作物。绑扎结实的车子，即使架子车行进山路翻车，田禾也不会散架。有技巧不熟或者绑扎不用力的，架子车拉到半路颠簸一阵子，会将田禾全数散落。重新装车的辛苦不说，还得浪费宝贵的时间和作物籽实。

架子车拉满一车麦捆，在软绵绵的田地里行走，非常吃力，必须借助役畜拉拽，人力助推。忽悠悠走出了田地，山道或许又是下坡。这时候，就得赶紧卸了毛驴。我参与拉麦的那些年月，最大的任务就是管理两头毛驴。需要拉车，赶紧把毛驴套到车前面。不需要畜力了，赶紧把毛驴赶到车后面。

下坡路，掌辕的人得拼尽全力顶住车辕，双脚死死踩着地面，一寸一寸下坡。跟车的人，一个个撅着屁股坠在车后面，用力压住车子，以减缓行进速度。

要么五里，要么十里，从田地到打麦场的距离，一路颠簸。山村道路上拉车，就像黄土地农民的整个人生，起起伏伏、跌跌宕宕，没有稳妥，缺乏平顺。

农民只有回到村庄才会安心，庄稼必须回到打麦场才算放心。每一户人家的黄泥小屋旁,都有一个篮球场大小的打麦场,那是集合了劳动、喜乐、丰收、希望、悲苦的象征地。农业合作社时期,一个生产队用一个超级大的打麦场,纠合集体劳作的困顿。

第一车麦捆到场,紧张的气氛稍微能松懈一下。停稳车子,解开绳索,拿下木橡。三个人伸长肩膀,在同一侧一起发力,满满一车麦捆哗啦一下就翻到了打麦场。此时,人畜都已有些困乏,但这只是开始,朝阳正在山背后酝酿天光,还有更大的任务要完成,只有继续加鞭。

一趟接着一趟,一捆捆小麦被源源不断送入打麦场。打麦场的空地越来越少。太阳已蹿到了半空,拉麦的人已经有些精疲力尽。完成总任务的六七成,拉麦的人才可以歇歇脚了。

打麦场的树荫下,炕桌上已经摆好了一大盆大米粥。这是家中的妇女按时辰烧好的。嫩白的米粥上,星星点点落着葱花和油花,粥食与胡麻油混合的清香伴着蒸腾的热气悠悠地向四周飘散。困乏之中的每一个人,心绪早已循着这美味,趸摸到了炕桌旁。炕桌上,还放着刚烙好的葱花油饼,金黄、酥软。同样萦绕着胡麻油的香气。

拉麦的劳动辛苦,一家人有时候难以完成,户与户之间总要帮工。有外人在,这一天的干粮必须特制,以显示主人待客的大方。往日,一家人劳作,"缓干粮"只有坚硬干瘪的大饼和一瓦罐凉开水,顶多能

庄稼熟了,高粱红了

在开水里撒一把炒麦子，算是清凉消暑了。当然，也有家底殷实、主妇精力充沛的人家，会在拉麦的时候，提前做一瓦盆甜醅。炎炎烈日下，吃到透着酒糟味同时又香腻的甜醅，真是爽口到了极致。

拉麦一般选在上午，一来上午人精神，更有力量；二来，上午的麦捆在前夜接收了潮气，秸秆和麦穗都相应柔软一些，可避免过于焦脆而增大损耗。种植面积小，产量低，路途近的话，一个上午，一户人家的麦子就基本全部拉到打麦场了。反之，拉麦或许得两个上午甚至三个上午。

有的地块，架子车进不去，只能停在路边，靠人力转运。

我们家最远的土地，与村庄隔着一条小河。总路程超不过五公里，但河谷道路狭窄崎岖，行进困难，下穿河谷爬到对面山头的地里，来回一趟不负重也得 30 分钟。

河对面的山头，叫寺嘴。村里的老人说以前的老人说过，那里之所以叫寺嘴，是因为山头有一座庙。那个庙后来跑山的时候，塌了。那个山头没有人生活过的痕迹，不过地里确实耕出来过瓦片，这似乎证实了老人们的说法。至于庙是何时倒塌的，没有人能说清楚。根据地层判断，寺嘴一带跑山的痕迹也基本找不到了，估计故事至少发生在一个世纪以前，甚至更早。

我们家在寺嘴的土地总共有 3.5 亩，全是坡度 45 度以上的陡地。在寺嘴种任何庄稼，都是一件艰难的劳作。一个上午无法完成，一般都要花费两个上午，才能种好。隔着小河，没有通行架子车的山路。那块地基本没法运送肥料过去。每次耕种，都是毛驴驮着种子，直接种进去。缺乏肥料的寺嘴，也很难长出像样的庄稼。后来有了化肥，情况有了改观。

印象中，有一年寺嘴种植的莜麦长势良好，算是丰收了。拉莜麦的时候，我们的毛驴和架子车行进 1.5 公里之后，被河沟阻挡。架子车停在河沟崖畔，人和毛驴统统越沟到达彼岸。毛驴能驮 30 捆，大哥和姐夫每人能挑 20 捆，母亲和嫂子能背 10 捆，我破天荒地背了 5 捆。那时候，我还很小。

负重的人，走下坡路，步子会忍不住加快，类似小跑一般到达沟底，再往上攀行的时候，就成蜗牛了。任凭嘴巴张多大喘气，呼吸依然很急促，时时有窒息的窘迫。下沟的路，我一直是走在最前面的。但上坡时，多次靠墙休息以后，我成了倒数第一名。

挑担子的人踏着均匀的步伐，平路颠着担子，两头的重物上下煽动，形成规律运动，好似两个翅膀，带着担子下面的人，迈着轻盈的步伐。上坡的时候，随着腿脚用力，担子和物体均匀地向上弹跃，似乎腿脚是被担子提起来的一样。看着他们沉稳地前进，我怀疑他们的身体里装了发动机。

只一趟,我就累瘫了。记忆中,我咬着牙又背了一趟,分量减到了4捆。

所有的莜麦转运到河岸时,装了满满两架子车。那些莜麦的籽实,悉数脱粒之后,也不过两百来斤。这两百来斤的作物,光是运回打麦场一项,已经折磨了一家大小五口人整整半天的时间。不过,比起庄稼歉收的绝望,被收获的作物折磨,农民从来都是快乐的。

这是 20 世纪末期的一次劳动。

再次和寺嘴相遇,是在 2011 年,大约在秋收时节。

那一年夏天,母亲干农活时摔伤了腰。我赶在国庆节回乡帮父亲干农活。父亲的谷子成熟了,地块就在河岸边。

故乡之于我,记忆中原本留存的全是可怕的干旱和死寂。那天清晨,在父亲的谷地里,我见到了故乡难得一见的雾霭。谷穗丰盈,谷茎挺立。拔谷,我并不擅长。我的助力,对父亲的意义,更多在于精神支持。其实,以我的体能,完全无法做一个合格的农民。

雾霭散去,晨曦渐来,东方的高山后面,太阳正在弹射第一缕光芒。突然,谷地之上的山路,响起了突突突的机声。三轮车开近时停下了。"六爸,你把苜蓿转到路边",来人一边说话,一边熄灭了机器,"我去寺嘴,给你捎回来"。同村的一位老兄要去寺嘴拔谷,拉了满满一车粪。

"那好得很,我赶紧去转。那就把你麻烦了。"父亲开心地表示感谢。

机车突突突开走后,我问父亲,寺嘴现在能走车了吗?父亲说,最近几年农民都有了三轮车,大家绕着小河岸,开了一条路,一直绕到小河的发源地,再绕到寺嘴。

我家寺嘴的地块耕种艰难,父亲很早已经种了苜蓿。我离开村庄从来没有关注过这些事。转运苜蓿的任务并不重,地块距离他们新开的车道并不远。我拿了一根长长的绳子,正要拔腿时,同样放假回村的侄子突然冒了出来。他成了我的帮手,我们两人翻过小河,走向了寺嘴。

苜蓿已经干透了。经历过多次的风雨侵袭和多次的太阳暴晒,苜蓿叶片大都掉落,只剩秆茎,早已变得像黑铁一样古旧,既扎手,又容易碎。转运了老半天,才将所有的苜蓿搬到了路边。帮助那位老兄装进车筐时,已经临近中午了。那位老兄下午拔谷,中午不回家。他这一趟寺嘴,去时给自己家拉粪,来时给我们家拉苜蓿,等于没空跑。农民的互助微小而细碎,但充满温馨。

回来的时候,走到谷底,小河已经接近断流,水流像割破的血管。河谷里弯弯绕绕的山路,全是小时候每天饮驴时走过的,十几年后重走,我像老红军重走长征路一样审视沟沟坎坎,觉得一切既熟悉又陌生。

又是十年,2021 年。

回乡时,父亲说寺嘴要退耕还林,以后再也不用种了。父亲一辈子爱树,他要积极去植树。担心他干不动,我提议包出去让别人干,他舍不得钱。我要急着回城做我的工作,也帮不了他。再后来,通电话,父亲说寺嘴的地全种上了松树。

21 世纪之后,村里家家有了机动车,拉田轻松了许多,也安全了许多。我生活在村庄的年月,就亲见过架子车翻车的现场。

堂哥双王是个结实的汉子,农闲总爱去煤矿冒险打工,他说煤矿挣头大。他干农活也很冒险。一次拉麦,他驾车的时候超高超限,在一个弯道下坡时,车子的分量超过了他的承受力,走着走着,失去了控制。架子车先是朝里侧的墙壁扑上去,紧接着反弹飞出了外侧的悬崖。满满一车麦捆,连同架子车飞下了崖沟。好在人躲闪及时,只刮破了一点皮肉,没啥大碍。

翻车得人救助。村里人赶去时,架子车已经散架,只有车轮横在沟底,庄稼散落在沟坡。大家张罗着收回车轮,其他一律放弃了。

我们家使用架子车,总是小心翼翼的。一旦套上毛驴,必定会让我拉驴。我的拉驴技巧父亲很满意。遇到弯道,我总是拉着驴头绕着大大

正午之后

的弯子,随在驴子后面的架子车也能跟着拉力,绕出安全行驶路线,避免了半径过小坠崖的风险。遇到下坡,有我在,驴能及时被卸除。

我离开的岁月,没有我帮忙拉驴子,父亲不敢使用畜力,一个人拉车又很累,他干过的农活肯定都很难!

村里有个老人,晚年时身边没有更多子女一起干活。据说有一次套着毛驴拉庄稼,本该回家的路程,毛驴拐向了平时去喝水的道路。任凭他高八度呵斥,毛驴始终不听话,一路向着河沟奔跑。人的力量抗不过两头毛驴。危急时刻,他急中生智逃出了车辕,有惊无险。架子车则被毛驴带向崖沟,粉身碎骨了。

拉进打麦场的麦捆，必须尽快码成麦垛，久旱的高原，滋润万物的细雨很匮乏，但是夏天的天空冷不丁就会飘来一场雷阵雨。一旦麦捆着雨，又得一捆一捆撑开在打麦场里晾晒，费时费力不说，麦粒受潮的风险实在太大。

码麦垛是个技术活。一般要在打麦场找地势较高的位置，做底座。细心的农民，会在打麦场周围筑起圆形地基，专门用来码垛子。码放技术高超的农民，码出来的麦垛像个花瓶。底部小，腹部大，逐渐延伸的过程，线条变化均匀。大腹存放了足量的麦捆后，开始收拢，直到顶部收拢成了一个尖尖的盖子。麦捆用完了，垛子码好了，恰如其分。这种施工过程，考验的是眼力。

拉麦结束，扁豆、豌豆、胡麻需要接二连三拉进场。

扁豆是低矮的作物，只有尺长。绑扎成小拢，很难收拾。扁豆在地里晾干晒透以后，早前的农民还要榨[1]扁豆捆子。从家中用麦草揉出长长的扎带，带到地里，将扁豆拢紧实地压榨在一起。父亲压榨扁豆拢时，我是小帮手，我接一拢，他压一拢，一拢压一拢，一捆总能将几十拢绑在一起。榨捆子的作用显然是为了便于拉运，减少损耗。没有架子车的时代，庄稼只能人背担挑牲畜驮。榨好的捆

---

[1] 积少成多，将小拢绑扎成大捆，有压榨的动作才能完成，类似榨油。故而，农民将这个作业称作"榨"，而非扎。

子，运送起来会方便很多。

类似的胡麻做束子也是同样的道理。不过胡麻可以做束子，也可以做成麦子一样的小捆。胡麻束子一般都像一个人一样高，壮年后生、成年男子，一般能用尖担挑四个。成年妇女能背两个。我那时候，背一个都够呛！

21世纪，机动车代替架子车。扁豆胡麻再也不用榨捆子做束子了，机动车开进地，扁豆拢可以用铁叉挑起来直接扔进车兜，省力省时。胡麻小捆装进车兜子，拉运也简便。当然，如果未来的农业机械化程度提高，山地也能有收割机的话，所有作物都能直接收割，农民会得到更大的解放。

白露

寒气冷凝的时节,
重读杜诗,
洋麦已经成了濒危物种。

洋麦也是麦

所有拉进场的作物,必须尽快码成垛子。一户农家,夏收结束,秋收完成,庄稼垛子的高矮胖瘦,隐喻着一年的收获多寡。

"白露秋分夜,一夜凉一夜。"

立秋之后的酷热,经历一些雨,在处暑的末尾,基本走向了尽头。

阴气渐重,露凝而白。地埂的草尖,土墙的苔藓,开始在清晨将来未来之时,站立微莹的水珠。

白露的称谓,在于此时气温已经降低到可以使水汽在地面上凝结成珠。持久干旱的陇西高原,经历暑热的大地总是一片尘烟,草木和黄土都在饥渴中煎熬。不论干旱多么持重,白露节气一旦到了,农人总能遭遇到潮湿的早晨。

"白露天气晴,谷子如白银。"

白露时节，所有的秋田都得抓住机遇，赶在阳光落败前充实自己的籽实。秋收来临前，秋播已经得展开了。高原上最早的秋播，是种下一茬洋麦。

洋麦抗寒抗冻、耐旱耐瘠薄，抗杂草能力强。洋麦有这些优良品质，从不与其他庄稼争良田。在高原沟壑间最差的地块，都能种植洋麦。生荒地、二荒地、高海拔高寒地、背阴地，都能旺盛生长。种过洋麦的贫瘠地块，反而还能变得肥沃起来，是倒茬的好作物。

洋麦在村庄的种植，新中国成立以前就已经发生了。农民大都采取沟播法。新世纪，农民家家有了旋耕机，改成了撒播。土粪和化肥完成搅拌以后，与种子分别均匀撒在地表。旋耕机来回浅耕，肥料和种子一同被埋入浮土，再用耱耱平，耕种完成。

洋麦和冬小麦一样，都是越冬作物。当秋播、来夏收，它们要在严寒的高原，利用晚秋的光和热发芽，壮大根基。然后在大雪来临时，纷纷枯萎，蛰伏整整一个冬天，到来年再蓄势而起。早前的农民，不敢撒播，担心越冬时的冻害冻死幼苗。新世纪之后的农民下籽多，不再担心这个问题。

洋麦秆茎通常能生长一米五到两米，亩产一般在三百斤。洋麦的麦穗细长多芒，麦粒为红皮、细瘦长棒状。在陇中，洋麦曾经是仅次于小麦的主粮。洋麦面柔筋，吃起来口感不佳，吃多了还会出现胃胀不

洋麦穗小而芒长,学名黑麦

适感,不宜单独食用。不过,洋麦面夹杂豌豆面、糜谷面、荞麦面等杂粮面,可以烙馍馍,可以做面条,比完全吃杂粮面要爽口很多。

在一个可持续、重循环的农业生态链里,洋麦两米长的秆茎,每一根几乎都是宝,农民对它的无公害利用,真正达到了物尽其用、浑然天成的地步。

为了提高洋麦秸秆利用率,洋麦收获之后,拉运到打麦场,农民都舍不得用碌碡碾压脱粒,而是采用古老的连枷击打法,以免破坏秸秆。长长的洋麦头对头铺在打麦场,农人用连枷不断击打麦穗,麦芒断裂、麦衣散开、麦粒脱落。完成脱粒之后,丢失了麦穗的秸秆,又被整齐束装起来,码成垛子,堆于打麦场角落。那将是一整年多项农事活动可资利用的资源。

洋麦秸秆的第一大功用,是做防水棚。洋麦秸秆秆茎长,直溜,表皮光滑、粗细均匀,非常利于跑水。田地里收获的任何庄稼拉进打麦场,都需要码成垛子,每一个田垛的头顶,都需要做防水处理。洋麦秸秆头部扎紧,尾部均匀散开,是一个天然的伞盖。如果有大型垛子,还需要更多洋麦秸秆分层铺排,逐层叠压,最终收拢成为穹顶。排布细密的洋麦秸秆做帽子,任凭多么大的雨水,也浸不透帽下的作物。

夏秋两季打碾作物,突来雷阵雨,铺开的农活无法收拾。紧急搬来洋麦秸秆,厚厚铺一层,能很好地起到防水作用。

洋麦秸秆制作防水棚,堆放庄稼能用,摆放杂物也可。木椽搭框架,铺排洋麦秸秆,茅草屋就制成了。洋麦秸秆的防水性能,堪比水乡泽国的芦苇。杜甫在《茅屋为秋风所破歌》中,对捡拾了他茅草的孩童气呼呼地大骂了一通。有批评者说老杜一点不仁慈。其实,人在物质困难的时期,都会极度惜物。

陇中农民用洋麦秸秆做防水材料的岁月,苦于物资匮乏。后来,满街篷布、塑料布可以选购的年代,早已无人留存洋麦秸秆。物资匮乏,乡村习惯了以物易物、以物降物。取材大地,用于大地上的劳作,是乡村生存的朴素哲学。

捆绑作物、捆扎物什，绳子必不可少。洋麦秸秆柔韧绵长，是拧绳子的好材料。比如扁豆收获之后，在地里已经晾晒干燥，拉回打麦场之前，必须榨捆子。这时候，洋麦秸秆制作扎带，既管用又结实。清晨，按需喷湿洋麦秸秆，使其变得柔韧潮湿。洋麦秸秆被背到扁豆地，拧一根绳子，榨一捆豆子。拧绳过程，我是一个固定器，有时候捏不牢固，一旦失手，刚刚成型的扎带又会反向松弛成一绺乱七八糟的秸秆，有时候会换来责难，有时候会惹起欢笑。做好一根扎带，父亲压捆，我从旁边提供扁豆拢，分工明确。

如果没有洋麦秸秆，榨扁豆拢的扎带，只能拔一些冰草来自己拧绳子。冰草只有一尺过一点，拧一根绳子费时费力。乡村的生活逻辑，始终贴近自然主义。这种信手拈来改造物质的能力，与其说是取法自然，还不如说是被逼无奈。

比如存粮，古人只能借助大地挖窖。隋朝在洛阳实施的含嘉仓，是当时最大的国家粮仓。经考古发掘，遗址面积 40 多万平方米，有数百个粮窖。仓窖口径最大的达 18 米，最深的达 12 米。隋文帝末年，国家储备的物资和粮食可以供应全国五六十年。从唐朝开始大规模存粮、开始成为国家的大型粮仓。历经唐、北宋 500 余年，后来被废弃。[1]

藏粮于地，民间有类似的做法。地上挖窖，用"窖砖"盘旋衬砌，

1　余扶危、贺官保：《隋唐东都含嘉仓》，文物出版社，1982 年，第 49—51 页。

青杞，一味药，《本草》名蜀羊泉

形成保护层，将粮食倒入其中，再进行封口。做得保密，即使主人自己日后找起来都有难度，更别说陌生人。旧社会最大的财富就是粮食，地主每年将余粮存起来，专门等到荒年或者生月向佃户、贫农放租，再通过"翻身驴打滚""一抽三"等形式，赚取利润。兵荒马乱的年代，土匪横行，地主家里的存粮，始终被贼惦记。藏粮于地是唯一的好办法。

存粮地窖里的"窖砖"，其实不是砖，而是一根无限长、十分粗的大草绳。这根粗草绳，得掌握技术的人才能编制出来。当地叫掐"窖砖"。洋麦秸秆，是掐"窖砖"的上好材料。掐"窖砖"的洋麦秸秆，必须经过碌碡碾压，柔软的秸秆编织的"窖砖"更细密更结实。洋麦秸秆编织"窖砖"还会加入一些粗壮的谷子秆茎，更易于成型。编制草绳必须在打麦场,地势开阔。匠人编织,小工喂草。不一会,大草绳像巨蟒一般缠绕。

大草绳盘进地窖,就是"窖砖"。大草绳盘进房舍,就成了"篱子"。草绳在地上盘桓而上,一圈一圈围实,松紧一致。粮食装进去,特别牢靠。技术过硬,还可以围出富有弧度的腹腔造型,粮食装进去,均匀受力,更加稳固。有高大的"篱子",人还得搭梯子或者板凳,才能将粮食倒进去。装了麦子的"篱子",叫做"麦篱子",装了谷子的"篱子",叫做"谷篱子"。

洋麦秸秆还有一大功能,充当薪柴。长、直溜,烧起来顺手。不像别的柴火,如乱麻,得理顺,才能塞进灶膛。没有碾压的洋麦秸秆,烧起来火力更旺盛。连续阴雨天,打麦场的各种柴草垛子都被淋湿了,唯独防水性能良好的洋麦秸秆垛下面依然有干燥的部分。这样的日子,抱一捆洋麦秸秆烧火做饭,一家人的餐食就解决了。否则,处处无干草,做饭真犯难。有时候,来亲戚了,需要做喂饱数人的长面条,只有一大锅沸水保持翻腾,才能快速煮熟。这时候,抱一捆洋麦秸秆,就能持续烧烫锅底。

包产到户之后,小麦的种植面积增大,人们食用洋麦面的比重减小。到了新世纪,洋麦面变成了饲料。2010年之后,村里很难再见洋麦。再后来,洋麦完全退出了种植。

2022年国家高度重视粮食种植。在一次座谈会上,笔者遇到了一位种子站站长,请教他关于洋麦的知识,他说自己几乎没有见过。这位站长答应我问问周边区域相关同行,后来也没了消息。

后经请教农学专家,陇西高原农民所称的洋麦,学名叫黑麦。黑麦栽培可能在公元前6500年源于西南亚,以后向西经巴尔干半岛遍及欧洲。现广泛种植于欧洲、亚洲和北美。在所有小粒谷物中,黑麦抗寒能力最强,生长范围可至北极圈。20世纪,有人用黑麦和小麦杂交,发明了小黑麦,具有广泛的适应性和很大的产量潜能,得到国际性推广种植。

黑麦早前在国内高海拔地区多有种植,但用洋麦这一陇东南地区群众发明的名称检索互联网,相关信息少之又少,多是农民后代出于好奇的只言片语或者一两张图片。我反复搜索,搜到了陇东庆城县农业农村局的一则信息:"我们在开展甘肃省地方特色农作物老品种种质资源调查工作时,发现了两个庆阳本土老品种粮饲兼用型麦类作物——洋麦、冬大麦。"

这则信息表明,在陇东高原,洋麦是曾经的种植作物。农业部门的"发现"之举,足以证明它已经退出了历史舞台。信息总结说洋麦"秸秆柔软富含纤维素,喂仔畜不燥热、不泛酸、易上膘,牛羊爱吃,是弥足珍贵的饲草资源"。

对于这个已经濒临灭失的种质资源,陇东农口部门的人认为是做饲料的上好品种。我村庄的洋麦种植史,除了食用籽实,洋麦秸秆更是当作万能宝,从来舍不得做饲料。

百年前,凡是引自西方的东西,中国人都要冠以洋字命名。

根据历史资料,1949年以前,沿海城市面粉工业的原料有相当一部分靠进口。上海面粉工业所用的洋麦占其面粉产量的28.78%,即每年有三个半月用洋麦作原料。新中国成立后,粮食部部长章乃器1954年9月在全国人民代表大会上的发言中曾自豪地说:"我们扭转了50多年来依赖洋米、洋麦的进口趋势,米麦反而有一些出口。"

此处的洋麦,显然是小麦。

陇东南群众将黑麦称作洋麦种植,历经好几代人,但大家只知道它的习性,不知道它的来路。黑麦何时引入中国,资料阙如。

"露从今夜白,月是故乡明。"

这是诗圣杜甫翻越陇坂,流寓陇西高原秦州城的那个白露节写下的诗句,其时,他正处在饥寒交迫之中。

洋麦在白露下种,供应着农人在村庄的多种需求。洋麦退出种植的岁月,农人也走出了艰难日子。

寒气冷凝的时节,重读杜诗,洋麦已经成了濒危物种。

秋分

秋分之后，糜子最先成熟。此时的糜子，穗子弯下了头，确是「黍折头」。

穄青喉 黍折头

白露之后，南方依然多雨，淅沥沥不能自拔。华北大部，也能迎来几次像样的降雨。唯独陇西黄土高原，眼看着云垂风低，但天空硬挺挺不落雨。

天旋地转，太阳不管地球上某个角落是否缺雨，它要均匀地释放热量。当它用心旋转到黄金180度时，光束直刷刷射向了赤道。此时，南北半球昼夜平分。

浸润着中国先民智慧的节气，将这一刻称为秋分。

"秋分者，阴阳相半也，故昼夜分而寒暑平。"

秋分以后，北半球就会迎来昼短夜长的变化，且越来越明显。

每年秋分前后两三天，秋社也来临了。

秋社，是中国古人祭祀土地神的日子，通常在立秋后第五个戊日。

中国古代把土地神和祭祀土地神的地方叫"社"。与秋社对应，还有春社。大地为人间生长万物，人利用大地播种和收获，春秋两社，都要立社祭祀，感恩土地神。

陇西高原与关中同俗，民间信仰区别不大。但在高原上的村庄，从来没有在秋社开展过任何祭祀活动。秋社只是秋季农作物收割和冬小麦即将播种的一个信号。作为参考，秋社与节气总能与庄稼一道适时提醒农民。

秋分之后，陇西高原时晴时阴，高原上的秋作物中，糜子最先成熟。

糜子，又称黍或者穄。它和粟作为中国原生的最古老的庄稼，滋养了泱泱中华数千年的文明。及至近现代，粟和黍依然是劳动人民赖以生存的主粮。

作为远近闻名的糜谷仓，村庄有良好的糜谷种植条件和悠久的糜谷种植史。村庄大多数土地属于晚阳山，有着良好的光照时长。糜谷在海拔 1900—2100 米高度的土地上，年复一年繁育生长，养育了村庄一代又一代的农民。

"穄青喉，黍折头。"贾思勰在《齐民要术》中引用民谚，说明糜子收割的时间。按这句话的区分，穄和黍是两种不同的糜子。

《广志》云:"有牛黍,有稻尾黍、秀成赤黍,有马革大黑黍,有秬黍,有温屯黄黍,有白黍,驱芒、燕鸽之名。穄,有赤、白、黑、青黄、燕鸽,凡五种。"

《广志》成书于西晋,可见当时的糜子有很多个种类。《齐民要术》说:"按今俗有鸳鸯黍、白蛮黍、半夏黍;有驴皮穄。"[1] 可见,北魏之际的黍穄,品种大为减少。

对于黍和穄的区别,石声汉译注,石定枎、谭光万补注的《齐民要术》认为穄现代叫糜子,种实不黏;而黍的种实黏,今称"黏糜子"或"黄米"。不过,早在东汉时,崔寔在《四民月令》中却说:"黍之秋熟者,一名穄也。"有完全相反的意思。

黍和穄到底有什么区别,已成历史悬案,无人能说得清楚。回到现实,村庄种植糜子的种类,并不繁多。一为小黄糜,一为大黄糜。

陇西黄土高原瘠薄之地,文化传承也相类似。对于复杂之事,总能化繁为简。依据大小色泽判断糜子种类,区别实在不大。小黄糜穗小个矮,产量较低,生长周期较短。大黄糜穗大个高,生长周期更长,产量亦更高。

1　石声汉译注,石定枎、谭光万补注:《齐民要术》,中华书局,2015 年,第 139 页。

小黄糜"辈历小",生长周期短,60天就能成熟,一般在芒种下种;大黄糜"辈历大",生育期长,90天才能成熟,一般在立夏种植。

新中国成立前,中国农业缺乏成熟的育种技术,更没有普及广大乡村的优质种源,各类作物的种子,只能依靠农民口耳相传的存种方式进行延续。糜子并不例外。

1959年,父亲12岁,他依稀记得当年农业合作社生产大队组织妇女在村庄高山地块种植过一种新品种红糜。或许是因为这种糜子的生育期长,种植海拔高,加之妇女操弄农事缺乏力气不到位,当年的糜子全部没有成熟。第二年,被征调去往各地大型工地的男性农民回村时,面临的是前一年种糜失败导致的灾难性后果。

"稷青喉,黍折头。"清晰明白地强调了两种糜子的收割时期。稷必须早收,黍必须晚收。在村庄过去百年的糜子种植史中,从来没有稷和黍的区分。大家只知道一个名称——糜子。人们对于糜子的收割期,主要依靠色泽判断。秆茎发黄、叶片发黄、糜穗发黄,整个糜子的周身发黄,预示着糜子彻底熟透了。此时的糜子,穗子弯下了头,确是"黍折头"。

糜子收割,当地人主要采用人工拔除的办法。由于植被稀疏,缺乏草木,陇西黄土高原牲口饲草和烧火做饭的薪柴都奇缺无比。拔田,可以尽可能多地收获植物秸秆和根系,用作燃料。这看似落后的举动,对地球毫无伤害,对资源没有劫掠,其实更生态。拔糜

"彼黍离离,彼稷之穗。"秋分时节,糜子开始灌浆

子,不能一鼓作气。开拔前,先要挑选个头高大、穗子健壮的糜子,在穗子出鞘位置折断,将糜穗一一收起来。这些挑出来折掉的糜子,叫头稍子糜。它们的籽实用来碾米,空穗用来做笤帚。

一片糜地,挑折头稍子三五步,然后才开始挨个拔除,边折边拔,过程缓慢。折好的糜穗当天背回家,赶紧趁湿脱粒。我在乡村生活的过程,从未下田收过糜子,可能收糜子正好是开学的季节。不过,我亲眼见过母亲将背回家的糜穗进行脱粒。时间应该在中午或者傍晚,我放学回家的时候。那是一项仔细而严谨的工作,簸箕里放置一块粗砺的石头,糜穗摁在石头上反复搓,糜粒要全部脱落,糜穗不能破坏,手掌用力大小,得加倍用心。这样的活计,都是地里忙完回到家里忙里偷闲完成的。背回的糜粒都要在当天脱干净。

脱干净的空穗按照在地里被糜粒压弯的造型，弧度一致地叠压在一起，整齐摆放，进行晾晒。脱下来的糜粒也要尽快晾晒，防止霉变。日后农闲了，这些籽实可以用专门的机器破壳吹风，变成金黄的黄米。

挑走了最优势的糜穗，地里拔除的糜子，籽实已经大为减少。不论籽实多寡，农人对待庄稼的态度一贯诚恳。所有拔倒在地的糜子，取糜子秆茎做扎带，全部束腰绑扎成捆，扶正站立，然后归拢"打行"。5×5组合50拢，或者10×10组合100拢——"打行"根据作物的多寡和地形地貌决定。

成列成行的糜子，在地半月有余，晒干了还要码成垛子，防止野鸡、麻雀等蚕食。这种垛子叫做"手搭摞"——不能太大、不能太高，十来捆就能搭一个。太大了，湿气无法流失。"手搭摞"既要防雨防雪防害虫折耗，还要保证水分疏散。

糜子和谷子一样，必须要在山里干透，水分散尽，放几十天，才能拉回打麦场。秋社之后，有很多农活要忙。糜子放在地里，要经历漫长的晾晒。有时候直到落雪了，农人才能抽时间拉回打麦场。

没有干透的糜子，如果运回打麦场码成更大的垛子，就有可能被捂坏。有处理不善的糜子，揭开垛子时，冒着白烟，像火烧过一样。秸秆腐坏，籽实腐坏。捂坏的籽实无法食用，即使做猪饲料也会遭到猪的嫌弃。秆茎不仅做不了饲草，即使烧火也没了韧性，没了燃力，像一堆草灰一样。

糜谷垛子烧成灰的事，起因就在糜谷秆茎不宜干燥：一是它们的秆茎粗壮，风干缓慢，水分蒸发过程长；二是糜谷收割的季节，已是深秋，气温降低，光照不足，雨水偏多。不像夏天，各类庄稼一旦收割，在火热的空气里，只需一个昼夜，就能变成干柴。

糜子的一生能走到这一步，实属不易。它们要经历初夏的凉露甚至霜冻，还有夏天的干旱以及秋天的鸟害。

《氾胜之书》说："黍心初生，畏天露。令两人对持长索，搜去其露，日出乃止。"[2] 村庄的山地，海拔高度都在1900米以上，六月凝露也是常见之事。寒凉的露水或者反常的倒春寒造成的霜冻，对糜子生发影响巨大，但近代农民种植糜子人工深夜除露的做法闻所未闻。足见糜子作为中国古代的主粮，农民对其十分惜疼。

糜谷本身耐旱，基本能抗争各种干旱。

成熟期鸟类造成的折耗是令农人最痛心的。立秋之后，糜子一出穗，逐渐饱满的颗粒，成了诱惑各类鸟争相啄食的饕餮盛宴。最执

---

[2] 石声汉：《氾胜之书今释》，中华书局，2021年，第29页。

着的食客是麻雀，它们总能成群结队出没，飞翔的翅膀在风中呜呜作响。雀群一旦钻进糜地，吃个不停的嘴巴还要叽叽喳喳叫出声。对付麻雀，糜谷地相邻的人家，会轮班派人追打防范。人手实在紧张的人家，会在地里扎草人，穿破衣、戴草帽、留布梭，假扮真人利用风力造出的响动惊吓麻雀。起初这种办法还会管用，多次上门的麻雀发现草人没有杀伤力之后，也就肆无忌惮了。

糜子的吃法有两种：一是剥皮舂米，吃米饭，喝米粥；二是研磨成面粉，做"铁团"（馍馍），擀面片。

做米粥，陇西高原和陕北高原区别不大。"小米加步枪"曾孕育了中共的革命，小米广为人知。在西北地区，小米过去一直是家常便饭。那是白面稀缺的岁月，每户人家每顿的吃食。村庄流行吃捞米饭，这是比喝米粥要稠一些的吃法。小米熬成稀饭，大锅炒洋芋、包菜、胡萝卜、粉条，富裕者可加一些肉丝，然后烩成菜汤。碗底舀稀米饭，上面加烩菜，算是上等吃喝。那时村里过红白事，头一顿饭，都是这样的"捞米饭"。只有第二顿，才能吃到白面馒头和菜。

糜谷面做"铁团"，甚为壮观。[3] 取五斤左右面粉，置于大面盆。倒

---

3 小时候时常能看见母亲制作"铁团"，但我当时毫无兴趣了解其制作过程。为了完善本篇文章，我在 2022 年 9 月中旬，向 76 岁高龄的老母亲做了请教。其时，她已经有 20 多年不做"铁团"了。

入滚烫开水，搅拌。糜面加水较多，需要拌得软一些，谷面加水较少，必须拌得硬一点。搅拌适宜的面糊在盆中自然冷却到30度左右，再把莜麦面酵子搅拌其中。然后，在大铁锅锅底放瓦筒（专门工具，烧制类陶器，底部大，口部小），将面糊糊倒入锅内，瓦筒被团团围定。盖上锅盖，面团开始强烈地发酵。

待面团发酵完成，于瓦筒内倒水，用抹布等透气材料封堵筒口，开始点火烧锅。这个时间点的把握至为关键，发酵不到位，做出来的馍馍硬如石头，发酵过度又会奇酸无比。瓦筒内倒水也要把握分量，水多了会溢到面团，破坏成型。水少了，容易变干锅，馍馍却还没熟。制作经验丰富的妇女，定是能掌握火候的人。水刚好干了，馍馍正好熟了。技术娴熟的人做出来的"铁团"，底部焦黄，脆口；上部虚软，酥糯。吃起来格外香甜可口。火候把握不准，极容易烧焦底部，不好吃不说，还造成了浪费。

"铁团"在入锅前，一般会用铲刀或者筷子对称划出四条线。出锅时，"铁团"依线掰开，成为四大块。比起大饼、馒头，"铁团"体量庞大，即使大胃王，也能满足好几日食量。困难岁月，穷人没馍馍，吃了馍馍没面吃。只有中上等农户才有馍馍吃。故而有"铁团"陪伴的日子，已是幸福光阴。

糜面有一种最高级的吃法。先将籽实的稃壳剥掉，做成黄米。再将黄米磨细做成面，这样的面十分精细，几乎没有颗粒物。用这样的

牧羊

面做成的馍馍,叫米黄面馍馍。村庄的历史中,能吃米黄面馍馍的人,只有地主一人。即使社会进步、生产力提高之后的年代,也没有人有足够的糜子这样精细地食用。在陕北,有一种美食叫黄米面糕,就是用黄米磨细的面粉,加入红枣、大芸豆蒸成。

新中国成立之前,各类作物缺乏品种改良,普遍低产。加之工业化程度低,偏远地区缺乏磨面机,人们磨面只能用石匠手工凿出来的石磨,石磨磨出来的面本来很粗糙。富人吃面时箩得细,穷人为了饱腹,恨不得连糜子籽实的皮和包衣都吃掉,能用箩子象征性箩一下就不错了。粗箩箩过的面,里面残存着很多打碎的稃

壳颗粒。通常情况,人们将糜谷面和入洋麦面以增加黏性擀制面片或者面条,这种面吃起来适口性极差。

"一日三餐都是洋芋、石磨磨的秫谷子面做成的谷面棒棒,吃起来非常扎舌头。不吃吧,饿得慌,吃吧,咽不下去,实在是犯了难了。"⁴父亲在回忆录中,对于吃糜谷面片,记忆十分不佳。我在

4　阎瑞明:《我所经历的20世纪后半期》,见《崖边:吾乡吾民》,广西师范大学出版社,2020年,第105页。

1990 年代末期，也吃过糜谷面片，真的难以下咽。

糜谷耐旱，产量能保证。一垧（2.5 亩）糜能收五斗，一斗 150 斤，换算下来也就是 750 斤。小麦旱地难成，产量低，白面奇缺。村里一位读过私塾的农民总结说，"吃白面要看日子"，所以糜谷面才是岁月的忠实陪伴者。

陇西高原土地瘠薄，物产贫缺，日常生活中，一切可以利用的物质，都要尽可能利用起来。糜子的籽实被人吃掉了，糜子的秆茎是上好的牲口饲料，糜子的空穗子则成了扎笤帚的原材料。

收糜时折来的那些糜穗，脱掉的籽实留作籽种，穗子被细心留存，它们来到冬天时，已经固定了形状。

糜穗扎笤帚，也是一门手艺，只有手艺人会扎。有暖阳的冬日，请来匠人，利用一天半天时间，专门制作笤帚。匠人腰间绑一根绳子，另一头绑在棍子上，分一小撮糜穗，用腰绳缠绕一圈，脚蹬木棍，转动糜穗，糜穗被紧紧勒束。借着腰绳的力量，将提前准备好的细麻绳佘入腰绳，继续转圈，麻绳依势扎紧打结。松开腰绳，拿出绑了结的糜穗，在结节位置均匀分叉，再加入另一撮糜穗。依前法勒束，再次绑紧。如此反复，组合五撮或者七撮糜穗为一个整体，不断加入的糜穗秆变成了粗壮的笤帚把，密密麻麻的糜穗一组挨着一组则变成了笤帚面。糜穗制作的笤帚像一把菜刀，造型的流线和结构的合理全由匠人的手法和功力以及审美决定。高粱笤帚粗疏，不好用。糜笤帚，密度大，扫面，扫炕，扫地，更彻底。

陇西高原乡村娶媳妇的当晚，小两口入洞房前，通常都要请一位属相吉利、家庭圆满的富贵之人进行扫炕安床仪式。小两口坐在铺满大红褥子大红被的炕上，一旁放上核桃、大枣等寓意吉祥的干果，扫炕人拿着糜穗笤帚对着干果一边扫，一边说："手拿笤帚来扫炕，媳妇长得真漂亮；手拿笤帚把炕扫，媳妇生娃养娃早；核桃枣儿相互挤，既生男来又生女；双双核桃双双枣，养下的娃娃满炕跑；双双核桃双双梨，养下的娃娃爱学习……"

说罢，用笤帚将一大堆果品扫进新媳妇的被窝，扫炕完成。观者笑哈哈离去，新人羞答答送客。

寒露

宿麦的命运,更像人生。
越冬,本是一次濒临死亡的挣扎。

宿麦

白露之后,大地寒凉,秋分一过,天地生冷。

秋分后的天气,阴雨多晴光少。气温变低,水汽蒸发放缓,只要有微弱的降水,大地都会很好地将墒情向寒露及更久远的冬天封存。

有墒情,气温不太低,土壤具备孕育新生命的条件,这是秋播的最佳时节。不论多么干旱的年份,秋分前后,陇西高原总会落一些雨。村庄过去一个世纪的记忆里,也的确没有出现过一秋无雨不能下种的年份。

由此,高原盛行秋播。

寒露前后,是播种冬小麦的时节。

2022年,国家重视粮食种植的号令传到村庄,农民在清明节后响应号召种了一些春小麦。起初人们担心下种过晚,难以成熟,但种过的人还是见到了收成。

夏收刚刚结束，数台大型挖掘机和推土机轰隆隆开进了村庄。一场颠覆农民认知的土地整理项目如火如荼地在收获之后的田地里展开了。陡地变平了，窄小的水平梯田变宽了，没路的地方有了四五米宽的道路。挖机取土填方轻松自如，如同晨餐上饥饿的银勺挖吃一碗馨香的豆腐脑。

城市化号角声声，村庄早已没有了年轻人。这场景，让村里的老人目瞪口呆。

曾在愚公移山精神感召之下，村里的老人不分男女都曾喊着"人定胜天"的口号修建过水平梯田，那是铁锹挖土、架子车运土的漫长工期，整整一个冬季，一村人仅能完成三五亩的面积。这种人海战术被誉为"大干水利"，曾是农业合作社提高土地产量的不二办法，也与陈永贵的大寨实践紧密相连。分田单干20年后的20世纪末期，"大干水利"还在村里有所推行。适逢周末的某个凉寒深秋，我也作为成员参与过一次"大干水利"的劳动。那个地块，在后来的退耕还林运动中，早已变成了林地。

不过月余，夏收之后的空地全部变成了宽阔的水平梯田。秋天，雨水格外稀缺。风刮过，村庄尘土飞扬。已是白露之后的时节，荞麦花开正艳，村庄通往田野的道路，全部积着细软的尘土，观看小时候曾经劳作过的地块，有了天翻地覆的变化。

村庄在等待一场良好的降雨，道路、土地，都需要雨水的润泽，才能在风中沉静下来。大哥除了等雨，还在等待土地整理项目的进度，他需要规划一片土地，种植冬小麦。

这一年，村庄极不平静。春天，村庄收到了极其反常的种粮指令；夏天，村庄又迎来了前所未有的土地整理项目。

与谷类或者豆类作物相比，小麦是上乘口粮。我在村庄生活的年月，农民格外重视麦子的种植。

《氾胜之书》说："凡田有六道，麦为首种。种麦得时，无不善。夏至后七十日，可种宿麦。早种，则虫而有节，晚种，则穗小而少实。"[1]

夏至后七十日，恰在寒露前后。种宿麦的时节，古今变化不大。寒露之后的大地，气温降低，水汽蒸发减缓。就着好的墒情，播种一般在微寒又罩着雾气的清晨开启，道路边、地埂边的野草花上，覆着晶莹的露珠。

没有彻底离开村庄的岁月，播种冬小麦的劳作，都是在父亲的吆喝下参与的。我跟家中的两头毛驴一样，对播种之事充满了无限的抵

---

[1] 石声汉：《氾胜之书今释》，中华书局，2021年，第31页。

宿麦：穗状芒少，籽实而饱

触。缺乏主动的工作，令父亲气恼不已，他对毛驴备着皮鞭，对我备着呵斥。所有的流程，要注重的工艺，我毫不关心。父亲让我做什么我就做什么。一开始，我的任务是帮忙牵引毛驴，在土地的最边缘开犁。然后，我的任务或许是将堆好的土粪均匀撒向即将耕种的地块；抑或是一个干旱的年份，我必须拿着沉重的枹子击碎犁铧翻起的巨大土坷垃。

后来，一个秋露朦胧的清晨，离开村庄的时候，我爬到山顶时看到了正在山湾里播种冬小麦的大哥。那时候，我已进城很久。那天我们没有正式告别，他赶在天不亮就下地了。我们只在前一天的夜晚絮叨了亲情。

那时候，村庄没有像样的公路，没有便捷的机动车辆，回家和离乡都要翻越村后的大山，靠着步履一步一步迈向十公里之外的柏油马路。攀爬山路很吃力，歇脚时看着山下的大哥和一对毛驴在一块破布一样的土地上来回播种冬小麦，我的心情极为复杂。大哥因循了父亲，一辈子都要在支离破碎的黄土沟壑间循环往复。如果不选择离开，我的命运不会和父兄有任何差别。

没有对比就没有伤害，如果不存在外部世界的侵扰，农民在土地上的循环往复，或许并不是枯燥的。对于世界给农业形成的压迫，尤其资本主义的敲骨吸髓，农民从来都觉得天经地义。

旱作农业，最要命的是缺水分。在陇西高原种冬麦，由于雨水不佳，导致出苗不齐的情况时有发生。农民称作"缺苗断垄"。"缺苗断垄"的结果是麦子减产。还有那种地表有潮气，但地下过于干涸的年份，下种基本是一次冒险。如果下种一周后麦子依然没有发芽的迹象，这一茬庄稼基本就流于失败。捯饬半天的土地，只能等待来年耕种别的作物。

种冬麦一般选择种过豆类作物的土地。豆科与根瘤菌共存，可以为土地营造良好的倒茬环境。再经过夏浅耕，秋深翻，保持旺盛地力的土地，如果雨水恰当，麦子下种着床，就会开开心心发芽透土。也有豆类地块不够或者缺少的情况，冬麦只能重茬种。过去种麦重茬过多，麦子基本不生长。早前，当地农民最多重茬三年。后来，手头宽裕的农民有了购买化肥的资金，对缺乏氮磷钾的黄土地，通过尿素、磷二氨补充元素，雨水充沛的话重茬种麦五年照样丰产。

种冬小麦，先种高海拔地块，再种低处。从山顶到山中腰，再到最低处的川谷，依次种。忙碌半月，麦子基本种完，寒露也走向了霜降。冬小麦必须在霜降前完成播种，过迟，麦子会换不过苗，存在风险。

冬小麦的种法，和其他作物一样，也由精细化耕作的沟播演化成了新世纪的机械化撒播。

墒情好，温度适宜，冬小麦播种之后一周，基本就发芽了。种得

扁核木,也称打油果蕤核

迟,或者遇上低温天气,发芽则得十天左右。

麦苗探土前,农人要仔细观察地块,瞅机会打耱一遍。胡基(土坷垃)被耱破,地表变软。土层经过耱压,能起到封闭地表的作用,地表土壤变密实,可以封锁水分蒸发,利于麦苗扎根。打耱还可以让已经发芽的麦芽受到压制,才出苗的经过翻拨地表使其尽快赶上来,达到出苗齐整的作用。打耱,时间要掌握得恰到好处,过早起不到松土助苗作用,过晚又会损伤幼苗。

完成打耱,一季冬小麦的播种,就算完成了。绿油油的麦苗在晚秋金黄的阳光里,使劲生长着,全然不顾即将到来的寒冬。

在古代的黄河流域中下游,冬小麦的播种远没有这么简单。冬麦出苗旺盛生长之际,农民还要采取措施去除杂草,壅固麦根:"秋,锄,以棘柴耧之,以壅麦根。"[2] 古谚语还有"子欲富,黄金覆"之说,所谓黄金覆,也就是壅麦根。

在陇西高原,看到麦苗的农民,会静静地等待接下来的天时——下雪。至于锄麦,那都是明年开春以后的事情了。

《氾胜之书》中详细记载了人力为小麦加覆冬雪的细节:"冬雨雪,止,辄以蔺之,掩地雪,勿使从风飞去;后雪复蔺之;则立春保泽,冻虫死,来年宜稼。"[3]《氾胜之书》所载情节,大抵为关中民俗。在陇西高原,冬天万物萧瑟,人的活动大为受限,日常生活蜷曲不堪。对于山野草木,人完全是放逐的心态,从来没有人因为小麦精贵而去人为覆雪。

一场雪,对于冬小麦而言,胜过一切。雪片缓缓落入田野,积压在枯死的麦苗之上,这看似残酷的冷凝,反而等于给宿冬的麦根加上了一层被子。雪后忽晴忽冷的天气,会让积雪融入地表,又结成冰,死死地封住地皮,让麦子的根系放心地冬眠。春天来临的时候,大地慢慢解冻,地表会像小孩口中融化的冰棍一样,将丰富的

---

2 石声汉:《氾胜之书今释》,中华书局,2021年,第32页。
3 同上书,第16页。

水分浸润进麦根。迎着浩荡春风，麦田迅速地生发新芽。这就是"瑞雪兆丰年"的奥妙。

春麦叫旋麦，冬麦叫宿麦。

宿麦的命运，更像人生。越冬，本是一次濒临死亡的挣扎。只有在越冬前拼命生长，将根系扎深，任凭枝叶全部冻死，也能挨过漫长的寒冬。

汉武帝"外事四夷，内兴功利，役费并兴，而民去本"。董仲舒给汉武帝建议说："《春秋》它谷不书，至于麦禾不成则书之，以此见圣人于五谷最重麦与禾也。今关中俗不好种麦，是岁失《春秋》之所重，而损生民之具也。愿陛下幸诏大司农，使关中民益种宿麦，令毋后时。"[4]

可见，其时，种宿麦在关中还不甚流行。

汉武帝之后，宿麦种植在关中显然愈来愈普遍。诞生于西汉的《氾胜之书》关于宿麦种植的技巧介绍很详细，东汉之后皇帝因为天旱而求雨保宿麦的诏令也比较多。比如显宗孝明帝在四年春和十八年夏，曾两次因为天旱危及宿麦而下诏，广求"郡界有名山大川能

---

[4] 班固：《汉书》卷二十四上《食货志》。

兴云致雨者，长吏各洁斋祷请，冀蒙嘉澍"[5]。隋唐明清各代，都有皇帝因为"时雨不降""宿麦不滋"而"夙夜在怀"，下诏求雨。

小住三日，我即将离开的那天下午，天空阴沉欲雨。只穿了短裤、凉鞋，在村外拍摄时，脚脖子冻得生疼。直到夜幕落下，雨也没有成型。第二日离开的时候，村庄被挖掘机开膛破肚的大地，迎着风，不停地卷着土雾。雨还是没见一滴。

一月之后，跟着节气写宿麦，再打电话问大哥，他原本要种宿麦的地块听说要修建梯田便停下了。但梯田直到入冬也没修。这一年，没有茬口适宜的地块，大哥索性放弃了种宿麦。

> 宿麦畦中雉鹭，柔桑陌上蚕生。
> 骑火须防花月暗，玉唾长携彩笔行。
> 隔墙人笑声。
> 莫说弓刀事业，依然诗酒功名。
> 千载图中今古事，万石溪头长短亭。
> 小塘风浪平。

宋人辛弃疾创作这首《破阵子》的时候，宿麦只是作为景致进入了他的视野。如同今日，除了农民，太多吃面的人，并没有真正关心

---

[5] 范晔：《后汉书》卷二《显宗孝明帝纪》。

过麦田的重要。

冬麦收获一般在夏至时,其时正是"断粮缺食"最严重的时候,有了冬麦,可以填补口粮。郑玄说冬麦是"接绝续乏之谷"。

董仲舒曾经担忧关中不种宿麦。如今,西北一些地方的宿麦种植大为减少,当然,旋麦也一样:一来农民有存粮,二来大家更乐意种植能卖好价钱的经济作物。宿麦种植,往后肯定还会被重视起来。毕竟,麦,就是饭。

> 寒露惊秋晚,朝看菊渐黄。
> 千家风扫叶,万里雁随阳。
> 化蛤悲群鸟,收田畏早霜。
> 因知松柏志,冬夏色苍苍。

正如唐人元稹的这首《咏廿四气诗·寒露九月节》所描述的一样,晚秋的村庄,变幻日甚。不过,农民没有闲暇赏味秋景,而要赶在霜降来临前,投入紧张的秋收。

霜降一到，等于下了死命令，最后的收获任务，没有任何借口再做拖延了。

与时间赛跑的秋收

陇西高原的落霜时节，往往比霜降节气还要早。

"气肃而凝露结为霜。"

单是低温冷冻形成的霜，很柔和，像薄膜一样覆于大地和草木之上。显然，除了冷，要是再有风的深夜，往往会塑造出霜的另一种形象。子夜的西北风，一旦刮起来总是盛气凌人，按照风向，冷凝的露气齐刷刷板结，附着于各类物体。不论微草还是高树，凡是离开地面的物体，都会挂上冰凌一样的霜条。

清晨推窗，屋瓦霜白。出门下地，草木霜白。

晨光升腾，白霜折射着凌厉的光芒，耀眼夺目。

一年一度对于霜的感知，近乎雷同。后来读杜牧那首著名的《山行》

也终是无法感同身受。陇西黄土高原植被稀疏，生力最旺者不过杨柳椿榆，它们造不了红叶。唯有白杨的一树幽黄，早在寒露前后就已凋零败落了。

风物，只有在闲暇面前，才是最好的景致。农人对于景物的感受，得抽空、得凑巧、得随机，所以只能是偶尔。

霜降到来时，秋收已进入了尾声。

"浓霜像毒药"，但凡严霜拉过的植物，生机顿失。

霜冻会对很多农作物造成伤害，尤其春季的倒春寒形成的霜冻，不仅会让草本植物受伤，木本类植物如苹果、梨子、花椒等在开花季也会遭受打击，轻者减产、重则绝收。秋季霜期到来时，大多数庄稼都已饱满成熟，远不像春季那样，灾害防不胜防。

高原无霜期短，适种作物都是反复试错的结果，无霜期内无法成熟的作物，断不可以在高原生存。2010 年左右，父亲买了一些葫芦籽，种了几棵葫芦，开花结果一切正常，长势也非常好。立秋时，葫芦最大直径接近 35 厘米。霜降来临前，葫芦还没有熟透，父亲实在舍不得摘下来，抱着侥幸心理等候。突然来临的霜降，一夜之间就杀死了葫芦。此时摘掉的葫芦放置不过半月，就腐烂了。

收割打行的谷子

秋季的霜冻,主要侵害植株。植株体内的液体,会冻成冰晶,导致蛋白质沉淀,细胞内的水分外渗,原生质严重脱水而变质。所谓霜冻,危害庄稼的其实是冻,而不是霜。

"霜降杀百草",所有的作物都必须尽快完成收割,以避免危机降临。作物种植面积不同,出工出活的进度也有不同,各家各户的秋收完成率也参差不齐。从秋分开始,各类农活就没有间断。白露、寒露时节,人们还有稍事休息的偷懒机会。霜降一到,等于下了死命令,最后的收获任务,没有任何借口再做拖延了。

拔荞

陇西高原最怕霜冻的秋作物是荞麦。

适宜高原种植的两种荞麦——花荞和绿荞,都要在霜降前成熟,且完成收割。荞麦如果在霜降来临时还没有结壮自己的籽实,那就再难成就希望了。

2022年,村庄只有两户人种植了荞麦。

李二叔种了一块花荞,在村庄海拔最高的地块。秋分时节,我回村时,花开正艳。当地人之所以叫花荞,大抵是因为它的花色吧!

远房侄子的田块里,绿荞生长正旺。这种荞周身绿油油,像抹了绿漆,其时已经籽实饱满。远房侄子是70后,离开村庄定居城市已经二十多年了。他跑客运车赚了些钱,想在村里搞经济效益好的作物挣钱,种荞相当于试了一次水。他用机械种植,机械采收,也是村庄有史以来第一次使用大型收割机收获庄稼。刚刚收获完,绿荞的市场行情是每斤3元,入冬时,每斤变成了两元六七。价格略有下跌,并没有影响他的种植决心。2023年芒种前回乡,半道碰见远房侄子刚刚完成绿荞种植,正要回城。村里的土地在前一年全部变成了水平梯田,他一口气流转了200多亩,购置了大型拖拉机,种植规模比前一年翻了好几番。

早前农民种植荞麦,主要为了自己食用。收获方式也只有人工拔除一个办法。荞麦赶在霜降前拔完,束拢置放在地里风干,再也不怕霜杀。一两个礼拜,水分蒸发殆尽,荞麦的秆茎和籽实统统自然风干,颗粒不变质。只等着天晴人闲时拉上打麦场。

挖洋芋

"霜降一过百草枯,薯类收藏莫迟误。"

南方大地,此时正是收挖红苕的时候。陇西高原,马铃薯的收获已经不能再迟疑了。勤快的人,基本要在霜降之前收完土豆。也有忙碌的人或者懒散的人,总要将挖土豆拖延到一地霜白的时候。

挖土豆需要一定的技巧。一窝土豆的生长半径,一般在 0.3 到 0.5 平方米的范围。瞅准土豆苗,镢头刨挖不能距离根部太近,也不能距离太远。经验老到的农夫,一镢头下去往往就能把一整窝被根系串联起来的大大小小的土豆勾出地面。没经验的人挖土豆,比如我,使出浑身的劲一镢头刨下去,勾起来,只能带出半窝土豆,另一半土豆还实实在在待在地下。再连一镢头下去,勾起来,一颗最大的土豆被刨成了两半,一半黏在镢头上,另一半还壅在地里。刨挖的手艺不佳,只能干捡拾土豆的辅助性劳动。

一直在地下成长的土豆被挖出来时,带着娇羞的光洁,带给农人收获的喜悦。大片大片的土豆，只能一窝一窝地挖出地面，再一颗一颗地捡拾到盛器中运回地窖。地窖是农人自制的"冰箱"，具备冬暖夏凉的特性，相对恒定的温度能很好地储存土豆，既不会流失水分，也不会冻坏土豆。

土豆成熟的季节，陇中少年还有别样的风味吃法。

或许是放羊、或许是放驴，或许是收获土豆时，在土埂上挖一个土灶台，捡拾拳头般大小的坚硬干燥的土坷垃，在灶台上垒出一个倒扣的"土锅"。捡拾若干树枝、柴草，点燃灶膛，不断加热。倒扣的"土锅"缝隙浓烟滚滚，组成"土锅"的土坷垃被烈火舔舐，不断变红。一直到每一颗土坷垃全部烧得通红时，停止添火。

多人协助，眼齐手快一边捣塌"土锅"，一边将新挖的土豆投入灶膛。火红的土坷垃和土豆混在一起，被木棍一阵乱捣。土坷垃被击碎，土豆被完全裹实。此时，迅速用铁锹挖来别的土，严密封盖灶膛。

一阵忙碌的小伙伴，可以满怀期待地闲暇下来。半小时之后，大家眼含热望地挖开灶膛，一枚枚熟透的土豆从滚烫的土灰里揪出来，顾不得剥皮，顾不得烫嘴，吹吹灰就抢食了。每一口糯软和爽滑都透露着深秋原野的充盈。

后来进城了。每次回乡，离开的时候，父亲都要用巨大的蛇皮袋装一袋土豆,"拿回去吃,咱们的土豆好吃"。那是一场艰难的周转,先用自行车推到有公路的地方,转乘班线车,然后抵达更宽广的公路,再转乘班线车,才能到达目的地。一袋土豆费尽周折,跟着我来到光鲜的城市,安静地蜗居在蛇皮袋里,会陪伴我度过许久的暖胃时光。

毫不起眼的土豆,营养成分丰富而齐全。土豆的维生素C(抗坏血酸)含量远远超过粮食作物,尤其是蛋白质分子结构与人体的基本一致,极易被人体吸收利用。土豆所含的蛋白质、糖类大大超过一般的蔬菜。

经过工业加工,土豆还可变成各种速冻方便食品和休闲食品,如油炸薯片、脱水制品、膨化食品、速冻薯条等。经过深加工,还可做成柠檬酸、果葡糖浆、可生物降解塑料、增强剂、黏合剂及医药方面的多种添加剂。

再后来,当地土豆产业规模越来越大,处在物流末梢的村庄也被纳入了"生意场"。"当天挖,当天拉到镇区,当天就能卖掉。"2022年霜降,刚卖完土豆的大哥对于种土豆有比较满意的评价,"比种麦强。最大的挑出来能卖更高的价钱,所谓的小洋芋,就是不挑不拣,一斤四五毛钱,全部槑掉了"。

霜降来临时,土豆如果没有及时挖出,遭几次浓霜,叶片就会瞬间枯死，秆茎也会发黑枯萎。秆茎坏死会增加挖土豆的难度。受伤过于严重，秆茎和籽实极易断离，镢头刨开的土豆窝，秆茎再也承担不起一整个家族的迁移了，只能靠手一个一个从地里摸出来。

起菜

能将土豆秆茎冻死的霜，一旦铺撒到土豆地里间作套种的蔬菜身上，后果将会更加惨烈。起菜也缓不得。

"霜降不起葱，越长越要空。"起葱的农谚，也是起菜的命令。

高原旱作农区，适宜生长的蔬菜除了葱韭蒜芫荽和瓜，还有大白菜、卷心菜、甜菜、萝卜、胡萝卜，都是耐旱菜种。它们生长周期漫长，只有到了深秋时节才能完全成熟。缺乏补充时令的灵活性，但它们不易脱水的性能，远比绿叶蔬菜耐存储，可以满足农民整个冬天甚至来年春天的菜蔬需要。

大白菜、卷心菜，一颗颗从地里运回院落，主妇会精心地对每一颗菜的边叶进行细致清除，挑选出个头最大、包裹最瓷实的，送入地窖。

甜菜、萝卜、胡萝卜也要剔除掉叶片。

剔除下来的所有边叶，再进行精细挑选，接近腐烂的立时喂给牲畜，干净整洁的找草绳串起来高高挂起晾晒。某个有暖阳的冬日或是青黄不接的早春，这些干菜叶可以取下来用开水烫煮，复活它们的生物属性，腌制成酸菜，一吃就是好几个月。这古法脱水技术，不亚于今天的工业手段。

地膜普及后的新世纪，让旱区农人种菜也变得得心应手。辣椒、茄子、西红柿、黄瓜，这些娇气的蔬菜，在高原沟沟岔岔的地头墙根，也有了广泛的种植。具有温室大棚的专业育苗机构，流水线生产出来的菜苗，会在春天迅速流入千沟万壑的村镇集市。农人买回现成的苗子，快速栽进铺好地膜的菜园，成活率比种菜籽翻倍提升。

2022年，父亲在子女的反复劝说下，终于不再种粮食了。他侍弄的菜园比往年长得好。五月开始，陇西高原迎来罕见的干旱，滴雨不下。多次打电话让浇水，父亲总说浇水会让土地板结，不顶用，还得靠天雨。

实质上，父亲舍不得用水。家里的水窖装着满满一池水，但他担心用光了万一不下雨，就没水吃。自来水尽管时断时续，但总体还是能使用。而且水费也是用多用少每户每月收取80元，搞养殖的人一年用水十几吨，父亲用水依然倍加节约。每有下雨天，他还会习惯性用器物去接雨。被干旱缺雨折磨了一辈子的人，古稀之年让他改变生活习惯，基本是徒劳。

真是惜水如命，实难更改。

掰玉米

地膜种菜只是农人可有可无的需求。地膜种玉米才是农民的必须任务。

地膜对生态而言,具有灾难性后果。但是,地膜对于十年九旱的陇西黄土高原上求生存的当代人而言,功莫大焉。

寒露一过,玉米基本停止了生长,霜降时节,玉米籽实已经完全饱满。玉米身强体壮,此时是否采收,倒不怕天气影响,但是野兽不得不防。

每一块地膜玉米田,都有两米多高的玉米秆茎。每一株玉米秆茎,都生长着一尺长的玉米棒子。玉米的收获,也是充满艰辛的劳动。不论种了多少亩玉米,收获只能一株一棒采收。

深秋的寒风,一阵接一阵打向玉米丛,所有耷拉的叶片都要证明自己的存在,唰啦啦响个不停。人在其中,顿显渺小。一个个强壮的玉米棒子,剥开包衣时,都闪烁着金黄的光泽。从高大的秆茎掰下来,积少成多,装满一筐一袋一车兜,才能运回农家院落。

霜满高原,万物肃杀。灰黄的村落里,每个院落堆放的玉米棒倒是能增添一抹亮色。整整一个冬天,玉米棒要经历风霜雨雪才能完全风干。春光里，玉米脱粒还得手工操作。从点种到变成粮食，玉米不比任何庄稼简单，它要走过漫长而繁复的加工过程。

还好，玉米的产量高，一亩地膜玉米随随便便收获 1300 斤。在高原上，玉米是唯一亩产超过千斤的粮食。玉米也被称作"铁杆庄稼"。

铁杆庄稼规模化种植，经历了艰难的推广期。2007 年，甘肃首度推广双垄沟播技术，县里积极争取，成了全省的种粮示范县，县委书记大会小会说"玉米是冰雹打不垮，干旱旱不死的铁杆庄稼"。免费送地膜，免费送种子，鼓励农民种植，但是农民并不买账。省长县长的指令还得村干部去完成。大哥其时是村民委员会主任，他和同事扛着地膜挨家挨户送，"有的人从门缝塞进去，人家再从门缝推出来"。客气的人摆摆手说不要，不客气的还会讽刺一通。

三五年后，这个技术大获成功。亩产千斤，赛过任何宣传引导。农民的积极性一上来，"他们种植玉米的热情，势不可挡"。

玉米源自美洲，经哥伦布的航海大发现，传播到欧亚大陆。郭沫若主编的《中国史稿地图集》收录了玉米在中国推广种植的时间，从最早的广西 1531 年，到最晚的新疆 1846 年，前后历时 300 多年。今天，全世界每年 28 亿吨谷物总产量中，玉米占比约 43%，远高于小麦的 28% 和大米的 18%，是第一产量作物。虽然今天直接食用玉米的人口并不多,但中国 60% 的玉米用于饲料工业,转化为肉蛋奶。[1]

收谷

玉米铺天盖地,年年稳产丰收。别的庄稼一缩再缩,直到退出种植。

霜降前后收谷子,成了村庄的历史记忆。

我的记忆中,收谷子的场面,只有三个。

1990 年代末期,我跟着母亲拔谷,我只拔了一拢多一点,就干不动了。那大片大片的谷田,母亲一两天就能拔得精光。我惊异于大人干活的超强能力,反观自己很难逾越的原因,不得其解。村外的土路上响起了吉普车的声音,随后是一阵哭声,随后车走了。显然,吉普车挽救了我。要不然收谷能力太差,实在无颜面对老母。

2013 年,母亲受伤。我在霜降左右赶回村子帮父亲收谷。同样,父亲像机械一样推进有力,我很快就失却了力量。粗壮的谷茎,不大听

---

[1] 崔凯:《谷物的故事:读解大国文明的生存密码》,上海三联书店,2023 年,第 132—137 页。

粟玉玲珑，雍酥浮动

我聚拢，我伸出去的手，能摇摇晃晃拔掉三五根或十根就算巨大的成就了。父亲下手一把，可能是二十几根被瞬间连根拔起。同一个起拔线，三五分钟我就被他赶超了。那天，另外的农活，又救了我。

2015年，澎湃新闻一位记者关注我的《崖边报告》，一同来到村里。父母正在收谷，来自山西的90后女记者好奇地拍照，我只做了看客。那一刻，我承认，我做不了合格的农民。那是父亲最后一次种谷。

谷子也叫粟或者禾。是高原的原生作物，也是种植最悠久的作物,谷子临近成熟期,和黍一样非常惧怕霜露。《氾胜之书》有古人在白露、秋分节气除霜露的记录,"植禾,夏至后,八十、九十日,常夜半候之。天有霜,若白露下,以平明时,令两人持长索,相对,各持一端,以概禾中,去霜露。日出乃止"[2]。

度过寒露、秋分,谷子一旦籽实饱满,再也不怕霜露。农人的经验里,经过霜拉的谷子籽实,皮会变薄,面会更酥,做成小米会更好吃。

现今农民有了机械助力,加之气候变暖,农活都提前了,霜降前后,大地早已一片空白。

早在农业合作社时期,拔谷,铁定是雪落之后的事。清晨,天冷,地湿滑,直到午后,太阳出山,谷地的雪消融,农民穿着棉袄下地,抢时间收谷。"没袜子,没手套,冻得溃疡流脓,活还得干",村里的老人如是回忆。

斫麻

麻子是伫立在高原最后才收获的作物。

---

[2] 石声汉:《氾胜之书今释》,中华书局,2021年,第28页。

麻子不是本分庄稼，只是糜谷地里的捎带品。糜谷收获过后，星星点点的麻子依然留在地里，有的矮小浑圆，有的高大如树。它们都期待浓霜降临。

"获麻之法，霜下实成，速斫之。其树大者，以锯锯之。"[3]

与众多怕霜的植物相比，麻子却有"霜下实成"的特性。这是雌麻的收获办法。雄麻早在春暖花开的时候，完成授粉任务，就被拔除了。

"穗勃，勃如灰，拔之。"[4]

雄麻也叫枲麻，它没有籽实，但它周身的皮肤，是缝制衣物上好的纤维材料，通常"夏至后二十日，沤枲，枲和如丝"[5]。意思是，枲麻的纤维像丝绸一样柔软。

雌麻的籽实，含油量极高，可以榨油。油渣可以做麻麸，当地的麻麸包子，是一道极好的美食。还可以炒熟了吃，类同嗑瓜子。

3　石声汉：《氾胜之书今释》，中华书局，2021年，第51页。
4　同上。
5　同上。

立冬

搬粮进仓的脚步因为获得而轻盈,宛如那一刻清辉的月影。

打碾

连连霜降,白杨叶瞬间金黄。高原上对于深秋的反应,白杨性格最鲜明。

柳叶从始至终很深沉,保持着稳厚的绿。其他的叶子呈现了怎样的形状,还没有来得及仔细观察,就已经显出了凋零姿态。

一个昼夜、一场西北风,一树金黄就会迅速败落。三五个昼夜、三五场西北风,白杨树就只剩下了向天伸扬的枝干。

此刻,柳叶也已落尽。梧桐大过巴掌的叶子、椿树带着马蹄状枝条的叶子,都已经纷纷扬扬落光了。唯有榆树叶子顽强地留守在树梢,一次又一次接受浓霜的洗礼。

小时候,会捡来一些椿树枝叶,裁剪带有马蹄的枝条编制四角马。找平地,抹平松软的黄土,握着木马前进,看马蹄印,幻想驾驭的威风。

高树落叶,矮草枯黄。

立冬了。

这是一年的最后一个季节。

松懈了情绪的良田和奔放了一夏一秋的荒原,都变得空旷而死寂。大地不再承托任何希望。

草木萧瑟,人畜畏寒,唯有黄土塬面不改色。

农人从田野收回匆忙的脚步,可以在打麦场放缓节奏了。

2022年的立冬日,天空晴朗。无风。空气清冽。大哥要将两亩地收回的高粱穗子折下来,再脱粒晒干。这是制作笤帚的上好材料,最近两年突然有了远远超越粮油价格的市场行情——籽实一斤能卖六元多。忙里偷闲,随手捎带就能完成的工作,可以换来一笔不错的收入。

这是轻松而愉快的劳作。就着暖阳,75岁高龄的父母也赶来帮忙。他们经年累月都在干农活,如今农活越来越轻松。不像过往的岁月,立冬之际,正是打碾的大忙之时。

秋田作物一茬接一茬运回打麦场,荞麦、糜子、谷子、高粱、麻子,这些都是需要在打麦场完成打碾才能脱粒的作物。

荞麦种植量普遍不大。荞麦的打碾故而最轻松，只一个半天，或许就完成了。

高粱秆茎糖分高，是上好的饲草。它的性状不能破坏。穗子折下来扎笤帚，穗上的籽实得小心翼翼手工揉搓脱粒，不需要大动干戈打碾。

大麻的量也比较少，只需要摊在平地，用连枷击打一番，亮晶晶圆滚滚的籽实就跑到了枝干叶茎的最底层。

糜谷是黄土高原种植量最大，历史最悠久的作物。糜谷也是整个秋田作物中打碾的重头戏。

挑选晴好的时日。看着晨阳升腾，白霜依次退化，光洁如石的打麦场上，就可以铺摊谷物了。谷垛高高，爬上垛顶一拢拢拆解谷堆的行为，需要行动迅捷、体态灵动的人。这基本是孩子的专利。每个农家子弟，基本上从小就开始参与各种农活了，除非大人极度溺爱。从高高的谷堆上，用铁叉或者木叉挑起谷捆，甩向场心，那动作俨然带着常胜将军攻城拔地时的豪迈。

借着居高临下的视觉，总觉得大人的劳动枯燥乏味。在打麦场正中央，立一个圆心，拆开的谷拢，谷穗掺谷穗，秆茎压秆茎，从圆心向四周压苴摊铺。越摊越大，直到谷穗金灿灿地布满整个打麦场。

从谷垛上甩下来足够摊满打麦场的谷拢，孩子的使命就算完成了。摊田有要领，得掌握薄厚均匀，大人不指望孩子能做好这件事。眼看着大人完成摊田退出打麦场，谷堆上居高临下张望村景的孩子没了目标，也只得无聊地灰溜溜下垛子。

继续等待阳光，越是干燥，越容易脱粒。不过冬日的阳光总是疲沓，很难较得上劲。不论阳光力道如何，过了正午，再不能等待了。家中掌柜拉出毛驴或者黄牛，套上打麦场角落里的碌碡，一圈接一圈开始碾压。

这又是一项循环往复的劳动，和耕地来回走动类似，碾场是无休止地转圆圈。每一圈的焦点都在碌碡之上。

碌碡由上好的花岗岩或者石灰岩和片麻岩打制，呈圆柱体，中间略大，两头略小。两侧镶原木梢子，再制作方形木框锁定两个木梢。拉动木框，碌碡以梢子为轴心转动。

看似干燥的谷穗，碌碡碾过时，籽实其实很难迅速脱离穗体。每一个谷穗，都要经历碌碡好几遍的碾压，才有可能完全实现脱粒。碾场是个细致活，每一圈都要压茬转动，不能一直重复，不能跳行遗漏。没有人能说得清楚，畜力拉着碌碡，在人的牵引下，到底要转多少圈，谷子才能乖乖地从谷穗脱离。

农业中国，几乎每一样农活，都在教人沉稳。

碾场

很小的时候,邻居家碾场,主人总会吼几句山歌。一人吼山歌,一村人开心。枯燥烦闷的农活,一下子活泛起来了。唱的人起劲,听的人愉悦。很解乏。

一遍碾完,畜力休息,碌碡休息。人又该上场了——抖田。已经碾压成棉毡一样的庄稼饼子,用钢叉挑起来一顿抖晃,再依据圆弧形重新铺摊。此时,谷穗已被破坏,头尾早已倒置,铺摊只注重薄厚均匀。前一遍没有碾压到的籽实,需经历第二次碾压。干燥程度良好,籽实饱满的谷子,碾两遍基本全部脱粒了。如果风干不彻底,再加上成熟期灌浆欠缺,这样的谷子得经历三遍甚至四遍碾压才能脱粒。

脱粒是农业诞生一万年以来的永恒主题。可以猜想，古人最早脱粒，除了依托石板之类的坚硬物质手工揉搓外，没有更高效的办法。碌碡的发明，必然在牛、驴、马等大型畜力驯化之后。开辟一块打麦场，让畜力套上碌碡，反复碾压作物的脱粒方式，也主要在农业起源地——黄河中上游及其支流区域，也就是陕甘青宁晋等地区盛行。

伴随工业化，农业机器增多，打麦场碌碡碾压脱粒的办法，有了升级版。父亲是陇西高原最早的一批手扶拖拉机手。其时，中国农村正蹒跚在农业合作化的尾声里。中国的手扶拖拉机制造，脱胎于"一五计划"苏联援建的"156项重点工程"。从洛阳拖拉机厂肇基，历经20年发展，终于有了配给广大山地乡村的生产能力。

山区，手扶拖拉机最大的功能是运输和碾场。秋冬两季，父亲除了给自己的生产队碾场，还要服务没有手扶拖拉机的生产队，"人没见过拖拉机，碾场的时候全村人围着看。很神气"。

替换畜力的碌碡，脱粒效率大大提升。依靠畜力，一天只能碾一场。有了拖拉机，一天可以碾三场。

打碾完成，谷物秸秆被抖了再抖，生怕有一粒谷子藏在里面。然后细致地堆于打麦场一侧，做成草垛，这是大牲畜未来一年甚至多年的食物。古代战争，战力计谋关键，粮草征集也重要，缺粮草困死沙场的案例记载累累。粮草从来很重要，汽油支撑摩旅化的现代军力形成以后，人类不再为军事筹草了。

21世纪初，中国人民大学温铁军教授在河北正定县实践有机农业，团队2013年左右退出河北实践地的时候，河北地区耕田畜力也正在退出，他们转战京郊租地实践市民菜园，顺便从河北牵回了一头小毛驴，遂给菜园取名小毛驴市民农园。2017年参加爱故乡文学与文化小组的沙龙活动，我曾到访小毛驴菜园，同去的城里学者、作家、教授都对毛驴深表稀奇。我夸口说我们村里家家有毛驴。不料，2022年我回村时得知，村里养毛驴的人居然只剩下了三五户。

机械化代替畜力的进程实在是非常迅速。从华北平原到黄土高原，毛驴作为大家畜退出历史舞台，只用了十年时间。农民一直珍视草料储存，但耕田的大家畜退出历史舞台，草将更贱。

打麦场剩下了大量的谷物籽实和包衣，要将籽实从大量细碎的柴草混合物中择取出来，又得经历一道高技术含量的工艺流程——扬场。

扬场也叫扬田。所有的庄稼，在农民眼里不分高低贵贱都是田。从字面意思理解，扬必然是一个动作幅度很大的举措。的确，所有的谷物夹杂着柴草，聚拢在一起，主扬人必须迎着风向，用力挥动木锨，将地上的谷物和柴草混合物狠狠撒向天空。轻盈的包衣和柴草裹挟着尘土,被风吹向一边,沉甸甸的籽实乖巧地落在农人的正前方。还有那些没有被风吹到一旁的包衣和柴草,轻轻落在浮皮,则由另一人用扫帚轻轻扫到一边。

风是扬场作业的灵魂。耗尽气力打碾完成的谷物,如果没有风,就没法扬场。籽实和包衣及柴草不能分离,打碾等于只完成了三分之一。大多数时日,通灵的微风总能适时地来到打麦场。不过,也有倒霉的人,望穿了天空,整整一个下午也等不来一丝微风。没有风,扬场要么推到夜晚,要么拖延到第二日。

风不等人。主扬的人得有技巧,扫浮物也得有技巧。两两配合,相得益彰,才能不耽误风的功夫。反之,不得要领之人会将一堆谷物反复扬撒,终究实现不了籽实与废物的脱离。

混合着杂物和泥土的粮食,被一次次抛向天空,扬场人沐浴其中,粮食与泥土深度融合的质化物浸入每一个毛孔。大地孕育庄稼,庄稼脱胎于泥土。此刻,农人对于粮食和泥土的分离,连接着天地化育万物的奥秘。

扬场人能亲密接触粮食,但有时候粮食并不归扬场的人。比如给地主扬场,比如给生产队扬场,不论那一刻你和粮食多么亲近,粮食终究要归入别人的仓库。食堂化解体的日子,劳动还是集体化,每一户人都渴望更多的粮食。生产队打碾作物的日子,能参与扬场的

打碾脱粒,颗粒归仓

人,故意穿敞口深腰的鞋,使劲让粮食狠狠地打向自己,然后顺着身体,有一部分悄悄滑入鞋子。夜晚回家,两只大鞋能倒出足足两碗扎扎实实的粮食。偷偷磨碎,两碗粮食能让一家人度过饥馑。这种损公肥私,也只有扬场的人能做到。

借助风,能让谷物的籽实和包衣等杂物很好地分离。但是,扬场实现的分离,还远远不够。要让粮食变得干净而纯粹,还得使用两种工具:一是簸箕,二是筛子。使用簸箕和筛子是妇女的专利。簸箕能将不够饱满的秕谷进行分离,筛子能将谷物中的尘土和土坷垃过滤。

母亲的筛子飞快旋转起来的时候,月亮已经挂在了打麦场旁边的树梢上。

过筛的谷物,是最好的成品。此刻,农人能够完全打量一年的付出到底收获了怎样的果实。最好的粮食盛入装过化肥的蛇皮袋,一袋接一袋运进粮仓。满口的装盛,农人已能清楚判断一年收成的多寡,测算误差甚至能精确到十斤以内。

蛇皮袋的便捷,轻松淘汰了中国人使用两千年的量具——升格。十升为一斗,十斗为一石。农民度量自己的收获,官府收缴皇粮国税,都在用升格。

搬粮进仓的脚步因为获得而轻盈,宛如那一刻清辉的月影。

现代和古代的接壤与分离,在乡村物事中,尽管缓慢,但也明显。

碌碡碾压的脱粒方法,应用于绝大多数作物。夏粮中的小麦、胡麻、豌豆、扁豆,都不例外。小麦是村庄种植史中继糜谷之后种植面积最大的作物。夏秋打碾麦子,秋冬打碾糜谷,一度是最紧要的任务。

谷子成熟最晚,也是村人最后打碾的作物。农业合作社时期,以及土地革命以前的岁月,打碾一直到冬三月才能干完。一切因为现代化而改变了。有了机械的助力,农民打碾越来越快。小麦、豌豆、扁豆、胡麻等夏天收获的作物,在秋收开始前已完成打碾。而秋收的谷子、糜子、荞麦,基本在立冬前后就能完成打碾。

再后来,农人只种少量小麦、胡麻、豌豆、扁豆、谷子、糜子、荞麦逐渐退出种植。

如今,大量种植玉米的村庄,打碾早已不再是一件难事。还有先进的农民,对偶尔种植的谷类作物,直接请大型联合收割机收获。

村庄在,月光依旧。

只是,农人的步履不再踏月而行背谷子。

立冬节气即将结束。一首歌悄然而至:"月亮在白莲花般的云朵里穿行/晚风吹来一阵阵快乐的歌声/我们坐在高高的谷堆旁边/听妈妈讲那过去的事情……"

1957年,作家管桦回到故乡居住,看到皓月当空,一群孩子围坐在高高的谷堆旁边,听妈妈讲往事。歌词跃然纸上,他写成了这首我们后来耳熟能详的儿歌——《听妈妈讲那过去的事情》。

半个世纪之后,管桦看到的那个农耕日常,也已变成了过去的事情。

『上粮』从夏收后的立秋开始，一直要延续到冬天。

上粮

农业诞生，拉开的是一场延伸文明一万年的伟大革命，人类的历史面貌因为种植而改写。中国作为古老的农业国家，向以农为本，农耕文明更是精深广博。悠悠数千载的国运流转，所有的华贵和精美，都在依靠仓廪的维系。所有政权无一例外都在"收敛关市山林泽梁之利，以实仓廪府库"。而王治崩塌的改朝换代，又多由赋敛深重而起。

农为贵，贵在苍生的性命，也贵在天下治理的大道维系。

秦末，"陈胜、吴广无立锥之地，千人之聚，起于大泽，奋臂大呼而天下响应"。秦亡。随后，楚汉相争，汉代秦而立，依然是"富者田连阡陌，贫者无立锥之地"。

王安石担心的"赋敛中原困，干戈四海愁"，实为中国历史的常态。

天地化育，风调有不匀、雨水有多寡、五谷有丰歉，朝廷的赋敛通常不会变。风调雨顺，盈余有度。灾荒饥年，上粮愁人。过去，中国农民最大的哀愁,莫过于天灾人祸和"皇粮国税"。

1950年代,中国通过土地革命实现土地国有化,终结了可能导致"富者田连阡陌,贫者无立锥之地"的土地兼并问题。土地的属性变了,种田的形式没有变,种田上交"皇粮国税"的任务也没有变。

人们通俗地将上交"皇粮国税"称作"上粮"。

"上粮"从夏收后的立秋开始,一直要延续到冬天。土地革命前的"皇粮国税",史志有着巨量载述。那是关于地主和官家的交易,为难的必然是最清苦的农民。因为"羊毛出在羊身上",一切权力的作用,最终都会落在链条最末端的人群那里。村庄瘠薄的土地和弱小的农民,经历了怎样的"上粮"困顿,已无从得知。

1950年代之后的"上粮"图景,同时代生人记忆犹新。土地分田到人没几年,就进入了合作化时期。合作化阶段农民的"上粮"积极性,可能是中国历史上绝无仅有的。

夏收结束,地里的农活还有一长串,农民毫无喘息的机会。生产队长会组织人力,抽取最好的小麦,在打麦场上用手工摔、揉、搓,用连枷打的方式,择取新麦,筹划"上粮"。生产大队内部,生产队要比速度;公社内部,生产大队要比进度;县域之内,公社也在争先进。

那时候,每一个村庄都没有好的农路,架子车都是稀缺之物,即使有,也没有可行之路。"上粮"完全依靠人挑,驴驮。半夜,广播员喊醒大家,力壮体强者被组织起来,每人挑八十斤的担子出发。队伍首尾相接,很是壮观。

邻村有一位妇女,身强体壮,没有缠足,她也挑着扁担"上粮",毫不落后,成为一道风景。记住她的人,半个世纪之后,还会说起。

粮食要"上"到公社所在地。那里有山村最豪华的建筑——粮管所——圆锥形高大谷仓、两坡水红砖房、水泥硬化院落、宽大的钢铁包木大门。

所有的粮食,都要经粮管所的管理人员验收。验粮标准是"干净饱"。验收员抓几粒麦子,扬头、张嘴,麦粒打入口中,轻轻一咬,嘎嘣脆,算是"干"得合格。不太干的粮食咬起来柔筋,就摊到粮管所晒,一个生产队晒完再轮下一个生产队。由于赶时间"上粮",大家的麦子往往干得不够好。场所不够用,以社为单位,大家只能把粮食寄放在粮管所,等太阳,等场所再晒。粮管所的公共粮仓,不存在丢失、贪污,很放心。

抓一把,看,不能有草,不能有土,算是"净"。

秕麦被发现,用风扇吹一遍,把秕的吹出来,只收"饱"。

验粮员都很严苛，从不含糊。他们为那年月城市人口的吃粮质量，做了最好的把关。

除了麦子，还有油料。村庄适合种胡麻，不宜种菜籽，油料一直以胡麻充抵。

全公社数十个生产队，大家乌泱泱赶过去，经常要排队等候，如果一切顺利，一天能上两趟，上午下午各一趟。一个生产队一年要上几万斤粮，一般要上好几天。年轻人担粮，年龄大的人赶驴。

1974年，公社将仅有的两台手扶拖拉机给我们村分了一台。那时候，我们村是粮食生产先进生产队。父亲被农机部门召集起来接受了手扶拖拉机的驾驶培训，从此，他成了全公社为数不多的手扶拖拉机驾驶员。从那一年开始，村里"上粮"就开始用手扶拖拉机拉运。为了手扶拖拉机通行，村里修了一条通往公社的土路，崎岖不平，有很多陡坡和险弯。父亲说，那时候一次能拉一千斤过一点。同时要跟两三个人，在陡坡处扶车。

那年月开手扶拖拉机，就好比20世纪末开私家车，父亲应该很神气。粮食拉到粮管所，跟车的人卸车，父亲休息。父亲作为师傅，比之前挑粮时有了明显的地位变化。所有人干活都是记工分，别人根据劳动量一天记10分或者12分，手扶拖拉机手一天记15分。有社员不满，编了顺口溜表示抗议："机器旁边转一转，不喘话，一块半。"人们将10分工叫一块工。15分就是一块半工分。

冬天是封闭的季节，万物潜藏。21世纪初叶，看电视是农人了解世界的唯一窗口，2020年以后，移动互联网普及村庄，电视机也几乎成了摆设

那年月，全国农业学大寨，一切以思想领先。所有生产队相互攀比，抢着上公粮，立秋时，基本就完成了。而此时，生产队农民自己的粮食，还窝在打麦场上，顾不得打碾。

包产到户后，公社变成了乡政府，但粮管所还叫粮管所，农民每家每户还要"上粮"。

那时候，"上粮"任务由公粮、购粮、油料组成。公粮是无条件的农业税，购粮会返还一些现金，油料也是硬任务。

父亲一生爱收藏文书，在他收藏的碎纸片中，我整理出来了1989年的"上粮"票据。根据当年6月6日下达的《粮油定购任务通知书》，我们家当年要承担105斤公粮，也就是农业税；承担60斤购粮；承担42斤油料。现在看来，这些粮油任务并不多，当时的粮食产量尽管比农业合作社时期有了提高，但由于天旱少雨等自然灾害频发，粮食产量极低，完成这些任务并不轻松。即使2020年以来，当地种植小麦，上足化肥，风调雨顺，亩产400斤，算是顶天的产量。

就算丰产有粮，"上粮"的行路难，很是恼人。生产队的手扶拖拉机在包产到户时，倒卖掉了。父亲失去了开车的机会，风光不再，他从机械时代退回到了肩挑驴驮的落后时代，"上粮"让他很是憋屈。

从粮管所开具给父亲的《收购花码单》可以看出，207斤粮油任务，父亲奔波了三次才最终完成。分别是9月14日，上交公粮（小麦）52.5公斤，上交购粮27.5公斤；10月1日，上交油料63斤；10月19日，上交购粮（小麦）2.5公斤。

从票据分析，第一次"上粮"，父亲肯定是将公粮和购粮总共165斤全部运过去了，但显然是被验收员的风扇吹了一下，2.5公斤麦子当秕麦吹飞了。手工打碾的麦子无论多么精挑细选，在电扇面前，还是能吹出秕麦。

第二次上粮，父亲超额完成了油料任务，可能获得了一些现金收入。

第三次上粮，父亲补交了 2.5 公斤小麦。

另外，两张《议价粮油收购花码单》反映，父亲分别于 10 月 19 日和 11 月 3 日交粮（豌豆）14 斤和 39 斤，每斤价格 1 元，可见他获得了 53 元的卖粮收入。

显然，补交 2.5 公斤的购粮那天，父亲又卖掉了 14 斤豌豆，获得 14 元现金。11 月初，他又卖掉了 39 斤豌豆，获得了 39 元现金。

母亲经常说，我们家以前缺油吃，"一年收一点胡麻，都让你大卖掉了"，母亲做饭缺油，经常用油布擦擦锅底，一来防止粘锅问题，二来解决油味儿。父亲持家，显然"宁可亏嘴，不能没钱"。母亲一直心存抱怨，并不知道用钱的门路有多大。

姐姐经常说，有一年"上粮"，父亲用自行车推了一小袋子，走通村土路，她拉着毛驴驮了一大口袋，走翻山路。"驴下坡时，口袋掉了，我一个人，吓哭了。"姐姐硬是把口袋挪在地埂上，再把驴拉到跟前，借助地埂的高度，重新把粮食搭在了驴背上。那时候姐姐也就十几岁。

从不同年份的《收购花码单》可以看出，"上粮"任务中，油料一直没有变化，雷打不动 21 公斤。公购粮则每年不大一致，有一年多，有一年少。1988 年是 195 斤，1990 年又是 166 斤。不清楚这个任务是根据当年全国粮价做调整,还是根据粮食丰歉做变化。

农业税并不是农民唯一的负担。对"三农"问题略有研究的人都知道,加重农民负担的还有"三提五统"、乱摊派、乱收费。形势演化到1990年代末期时,电视上天天说要"减轻农民负担",但是,农民的负担却越来越重。

那些年月,干部的主要任务就是催粮要款。老实本分的农民,宁可亏空了自己的口粮,也要积极完成"皇粮国税"。而有的人任凭干部从夏收开始,一直催到冬天落雪,依然死活不肯交粮。

邻村有一个人名字叫"满仓",但他年年种不好粮,几乎年年拖欠"皇粮国税"。乡政府也拿他没办法。有时候办学习班,解决思想觉悟问题,有时候当成落后分子,罚干活。我读初中的时候,乡政府所在地的街道被雷阵雨冲出了很多坑,乡政府便从全乡范围内找来了众多不"上粮"的"满仓",一起劳动平整道路。他们有的拖欠了上一年度的农业税,有的已经好多年不曾"上粮"。

进入新世纪,中国农民迎来了史无前例的大转机——"皇粮国税"停收,种粮发放补贴。

这个大转机,直观的促动因素是政策的变化,而推动政策转向的核心原因,源自工业革命对农业社会的改造。农业中国从1950年代进入"千年未有之大变局"的社会转型期,到21世纪初彻底免除"皇粮国税"，刚好运行了半个世纪。这半个世纪，中国提取农业剩余价值用于工业原始资本积累，最终顺利完成了工业化改造，才让工业反哺农业，城市反哺乡村成为可能。

这是一个复杂的新旧社会形态的交互期、转型期。生长于这半个世纪的中国农民，经历了一段复杂的变革。

年老的农民，对于新世纪的生活，用沧桑的表情感叹：现在是天堂，是福窝。

而外出打过工，见过世面，没有经历过太多苦难的年轻农民，则一边比对城市生活，一边抱怨农村太萧条。

大雪

莜麦粉碎成面粉的清香,由磨台向四处飘散。

磨面

立冬之后的高原,风变得肆无忌惮。

原野空蒙,黄尘飘荡。

瓦蓝的天体贴上了浑浊的表层。风化龟裂的大地和衰朽枯败的草木都在期待润泽。一场雪,是对冬天高原最好的抚慰。

小雪节气,天空真的会飘来阴冷的雪花。有一年,雪片能将大地覆盖;有一年,只是零落星散。初冬的气温还没有能力保护雪花,此时的降雪,不论薄厚多寡,都难以积存于世。

立冬以后,农人逐渐从土地退出,从打麦场退出,蛰进了黄泥小屋。即使有户外活动也多在房前屋后,不再汗流浃背。此时,所有的日常安排,都围绕着饮食、娱乐、闲暇而次第展开。

暖阳温顺,院落坐南朝北,大门外是晒太阳的绝佳之地。大门左侧的磨棚下,毛驴正在拉磨。莜麦粉碎成面粉的清香,由磨台向四处飘散。大门右侧的空地，母亲和前来串门的婶婶们一边拉家常、一边做针线，不时向磨棚瞟一眼，生怕磨眼卡顿。

这场景，是每年冬日的画卷。

正在研磨的莜麦面也叫熟面或者炒面。这是一种主要以莜麦为原料的食物。在研磨前，要经历复杂的工序。莜麦经过舂捣，去除纤毛，再用清水淘洗，然后炒熟，才进入研磨环节。莜麦炒时要掌握火候，不宜过生，也不能过熟。做熟面的莜麦中，还可以加入用同样办法炒熟的麻子、秕谷。

莜麦熟面食用方便。可以干食，也可以用凉开水拌成半干半湿的面丸状食用，还可以冲入水中，化成糊状吃。每户农家每年至少要制作一百到两百斤熟面。冬天做好的熟面，存入陶瓷缸，盖好盖，保存一年也不会变质变味。农忙时节，主妇顾不上做面饼，每人取半碗，就能充当一顿餐食。

200斤熟面，用石磨磨，得好长时间。石磨有带劲的畜力，一个上午能磨出2升面粉，约莫30斤。畜力强劲、磨齿凌厉，出粉多，反之，出粉慢。

石磨由两扇直径相等、厚度一致的圆石组成。下部固定于台基，中间装磨脐，上部以磨脐为轴心安放于上。两扇磨盘相合面均錾出整齐有序的磨齿。上扇开磨眼和磨膛,粮食由磨眼进入磨膛,旋转上扇磨盘,被磨成面粉从四围溢出。

石磨和碌碡一样,都得用上好的花岗岩或者片麻岩制作。陇西黄土高原缺石山,全县农民的石器都从一个地方拉。人天天要吃饭,就得经常磨面,石磨很要紧。石磨是一家人立户头的必配,古时也有穷人家"拉不起磨"。

"拉磨"据说很辛苦。新中国成立前,没有公路,没有架子车。木车只有地主做得起,给人类带来文明曙光的轮子,对穷人而言,可望而不可即。石山在70里之外,运磨子只能用木头专门制作两个木架,把磨盘卡在里面,数人强行推着磨盘走,形同推车。70里山路,有陡坡、有险滩,走起来很吃力。后半夜出发,加一天,再走到当天半夜,等于一整天加两个半夜,才能完成往返。两盘磨至少得4—8人才能拉回家。

我家的磨子是爷爷留下的。爷爷拉磨的时候,父亲还小,不曾记得。我们家住在村子的最高处,分家后,父亲的一个哥哥搬到了山下,接着,父亲带着奶奶也搬到了山下。父亲搬家比较艰难,没有能力一次性修房建院,只能修一点,搬一点。那两扇磨子是姥爷帮忙滚下来的,滚磨子的时候父亲刚好在兰州做铁路工人。

堂兄闲聊时,经常会说起姥爷:"个子很高,人热闹,声音大,从山顶的家里顺着山路往下滚磨盘，失去了控制，一边喊一边追。"磨盘最后滚到农业社的一排土基子上，才停了下来。磨盘打翻了农业社的土基子，姥爷很不好意思，向生产队长道了歉。

2022年，翻看父亲珍藏的书信，看到了一封父亲在兰州工地时，姥爷寄去的信，信里姥爷通报了他为父亲修建磨棚的事，"磨棚搭得简单，希望不要嫌弃"，还说"两棵梨树移栽到了房屋前面"。这些细节父亲以前从未提及。爷爷去世时，父亲只有16岁。姥爷应该很疼爱女婿，才专门跑来干了很重要的活。

姥爷读过私塾，新中国成立时参加革命，留在基层政府做事，干着干着，他突然辞职回家务农了。可能，那时候当干部和务农区别不大，官僚主义还没生长，干群差距还没产生。如果用后来干公务的好处和当农民的窘困两相比较，但凡思维正常的人都会选择前者。姥爷是乡间读书人，父亲也爱学习，父亲应该是三个女婿当中最受姥爷喜欢的一个。

看着尘封半个世纪的书信，我才知道童年记忆中母亲晒着太阳推磨的那个磨棚是姥爷亲手搭建的，还有夏天我动不动爬上去摘梨子、为收音机接天线的大梨树，原来是姥爷亲手移栽的。斯人已去，记忆总是充满伤感。

毛驴被遮蔽双眼，赶进磨道，一圈接一圈推磨，人站在旁边只注意

青壮年串门度过闲暇

磨眼是否顺畅就够了。这场景在母亲看来已经是幸福的标志。时间倒退,我不曾见到的场景是:农户的毛驴都已交公,主要用于耕田种地,那些缺乏草料的毛驴个个弱不禁风,农户私自使用根本申请不到。大锅饭失败后,家家户户都要点火做饭,但是推磨没驴,只能人推。干完农活回家,各类家畜家禽需要喂养,无米无面,只有临时上磨推出一顿饭的面。有时候,农活太忙,主妇还要加夜班推磨。尤其那些小脚女人,双脚使不上力,就着月光,在磨道里摸黑前进,一圈接一圈推动着艰难的岁月。

山东摄影师焦波拍摄的《俺爹俺娘》中,老娘就是小脚推磨。过去中国妇女的苦难真是罄竹难书,好在她们非常坚韧,非常顽强,一代接一代绵延了下来。

《说文》说:"古者公输班作硙。"战国时赵国通史性著作《世本·作篇》也有"公输班作硙"的说法。公输班,鲁班也!硙,石磨也。

这两个权威文献都指证,石磨系鲁班发明。石磨的力学原理,大大提升了磨面的效率,的确是科技史上的一次飞跃。不过,石磨的发明,绝不是鲁班大人凿了两扇原石组合起来一蹴而就的。石磨必然是远古到上古人类通过漫长的历史实践逐渐摸索出来的,鲁班肯定踩了前人的肩膀。作为粉碎食物的器具,石磨的鼻祖,其实是杵臼。

《易传·系辞》说:"神农氏没,黄帝尧舜氏作……断木为杵,掘地为臼。臼杵之利,万民以济。"《世本·作篇》说:"雍父作杵臼。"[1] 东汉桓谭的《新论·杂事》说:"宓牺之制杵臼,万民以济。"

杵臼到底谁发明的,又是悬案,无人能说清楚。总之是远古时期一位很能干的人发明的,那个人或许只是某个部族的成员而已,不过他的功绩则要记载在首领的名下。

---

[1] 汉末大儒宋衷注:雍父,黄帝臣也。

王祯的《农书》论述这个问题极其巧妙："昔圣人教民杵臼，而粒食资焉。后乃增广制度，为碓，为硙，为砻，为辗等具，皆本于此。盖圣人开端，后为蹈袭，得其变也。"[2]

没有杵臼将食物捣碎的年代，人们是怎么吃饭的呢？

《礼记·礼运》有记载："夫礼之初，始诸饮食。其燔黍捭豚，污尊而抔饮，蒉桴而土鼓，犹若可以致其敬于鬼神。"

东汉末年经学大师郑玄注曰："中古未有釜、甑，释米捭肉，加于烧石之上而食之耳。"

根据后世考据，此处中古实指神农氏时期。这样梳理，吃饭的方法有了接续。从最早的就于火上烤着吃，到发明杵臼捣碎了制作成其他花样吃，再到发明石磨，磨成面粉加工各类面食，吃法可谓越来越高明，越来越精细。

王祯所说的"为硙，为砻，为辗"，是石磨的各种不同形制。黄河流域，山东、山西，用石碾较为普遍；陕西、甘肃，石磨更为常见。当然，各地使用都有穿插。无论如何，石料丰富的地区，根据

---

[2] （元）王祯撰，孙显斌、攸兴超点校：《王祯农书》，湖南科学技术出版社，2014年，第385页。

用途需求，可以随意匠作。而缺乏石料如我的村庄，户均一台直径一米左右的石磨，算是富足殷实至极。

与石磨对应，家家户户一定要收拾齐备的箩。大细箩、二细箩、粗箩、大粗箩……石磨推出来的面粉，必须过箩筛，才能食得可口。用什么箩箩面，完全决定生活品质。地主老爷家的面，必是最细的箩过筛，吃起来自然精细。缺吃断顿的贫困农民，只能用粗箩象征性箩一下，生怕把面当做麸皮。最困难的时日，麸皮其实也是可以吃的，所以不用箩也是可以的。

小时候，乡间常有制箩师傅挑着担子，走村入户，张罗生意。面箩由箩圈和箩网组成，箩圈一般用柔韧性非常好的薄木板做成，直径控制在30—50厘米之间，高度13—20厘米之间。按照口径，割好箩网，然后用两个垫圈将箩网里外各一层控制到箩圈上，打孔绑扎就完成了。

那时候制箩的材料，已变成了塑料箩网。新中国成立前，没有工业产能的时代，面箩是用马尾编织的，称作马尾箩。可以想见，手工编制的马尾箩，精细程度应该不会特别高。也有资料显示，有些地方用铜丝制作面箩，想必成本一定很高，也是工业化之后的事了。

20世纪初期，中国进口了钢磨，面粉加工能力发生跃变。荣氏家

缺雪晴朗的冬日清晨,浓霜挂上枝头

族创办的福新面粉厂,是中国当时最大的私营面粉企业集团。在上海、无锡、济南、汉口等地分设 12 个分厂。每昼夜生产面粉 96000 多包,约占全国机制面粉生产能力的 32%,所拥有的资本占全国私营面粉厂总资本的 30.5%。抗战爆发,福新面粉厂还在西北建了分厂。

新中国成立后,随着中国的工业发展进程,小型面粉加工机器实现国产化。1970 年代初,村里有了第一台磨面机。这让小脚妇女从老石磨的磨道里得以解放。不过,由柴油机做动力的磨面机,使用效果并不是很好。包产到户的时候，磨面机被操作员收购。再后来，他的设备时好时坏，使用不甚完美。外部的世界开始急速变化，邻近交通发达的村庄通了电，有了电能带动的更加先进的磨面机器。村里人开启了长途跋涉去外村磨面的历史。

那些有磨面机的村庄，和我的村庄一样，微小得地图上都很难找到村名。但对于周边的人群而言，那是不亚于宗教朝圣者心中的圣地，不亚于游客心中的罗马、巴黎。

斜山，就是我童年首次出游最远的异域。离我们村五公里，翻两个沟，过一架小山，才能到。距离不算远，但属于另一个县。去那个村子，其中一道沟有一段浅滩很难走，滩下常年积水，滩面人工垫了干燥的土上去，形成一层鼓皮一样的膜，人畜走上去，软兮兮，随时有陷落的危险。走过那些浅滩后，后来在课堂上学习红军过草地，一下子就理解了。

斜山磨面，一般两头毛驴，驮两百斤麦子。我的任务很简单，拉毛驴避开危险物，防止驴背的口袋掉下来。那时候，我还不具备干其他重活的能力。

后来，我们磨面去邻县另一个叫谢家坪的村子。这个村子需要过一道沟，距离也是5公里，但是有能走架子车的农路。两头毛驴挽车，沟沟坎坎，陡坡险崖，随时都有翻车坠崖的危险。牵引毛驴至为重要。那时候,一车能拉500斤麦子。一家人一年磨两次面,就足够了。

那时候,我过了十来岁,除了牵引毛驴,还得承担盛面的工作。电磨启动,壮劳力的工作任务是不停地将粮食倒入距离地面两米高的入口。被粉碎的麦子进入一个圆柱形的滚筒中筛箩,滚筒下两个出口,一个出细白面,一个出麸子。每个出口都绑着一个敞口布袋,下面放着两个铁桶。每当铁桶装满的时候,就要一手捏住布袋,另一手快速推开满盛的铁桶,换上空桶。这个工作不复杂,但一定要细心观察,一旦铁桶装满了没及时更换,那就成了事故。白白的面粉一旦落到地上,会引来多么严重的责骂,几乎不敢想象,所以我也从来没有失手过。

第一遍磨出来的麸子,往往还要再磨一遍。第二遍磨出来的面,不太白,泛着灰黄,人们称作二面。二面吃起来不那么可口。不过,比杂粮面还是要好很多。

白面太珍贵了,麦子太珍贵了。

能用架子车拉着500斤麦子磨面的年月,在20世纪末期,而且一年还要磨两次,那是何等富足的日子啊!

岁月倒转,我还很小,以及我没有出生的年月,父亲一年只能磨一次面，而且必在年关。家中的白线口袋能装 120 斤，生产队分给我们一家人的麦子经常装不满口袋，"想用两头毛驴驮麦子，没麦啊！"父亲经常这样感叹。包产到户以后，磨面的驴逐渐增加到了三头。一驴 100 斤，三驴 300 斤。再后来，三个驴一年还能多磨几次。

"吃白面要看日子。"

白面珍贵，人们将磨面叫做磨年麦。

一百斤麦子只能磨出七八十斤面粉，只有过年才舍得吃白面。余下的日子，农民只能用杂粮充饥。糜子、谷子、豌豆、洋麦、荞麦、高粱、土豆，这些杂粮不够吃的时候，主要依靠国家救济的玉米。杂粮面容易变味，不宜长久保存。再加上总量也不多，便没有足够的理由去找电磨，都是自家的石磨边推边吃，日子就一年接着一年推过去了。

我参与的磨面，都在 5 公里范围内。之前，村里人还在 10 公里以外的两个村庄磨过面。2003 年村里终于通了电。有了电，村里也有了电磨，磨面再也不用那么吃力了。这是村庄的盛事，比荣氏家族开办中国规模最大的磨面厂，晚了近一百年。

农业社会的进步，手工工业的推动极其缓慢。而工业化对农业社会的支撑和改造，直接推动了农业生产效率的提高。手工工业向机械工业过渡，人才从劳动中获得了真正的解放。新中国成立前，农民连铁锹都没有，和秦始皇时期修长城的劳工士兵一样，都在用木杴。新中国成立后才有铁锹，一开始还是铁匠打制的。后面有了机床锻压的铁锹，生产效率成倍提高。类似磨面机器走入乡村的例子，就是工业化对乡村社会最伟大的改造。

新世纪到来，我离开了村庄，再也没帮父亲磨过面。偶尔问父亲要不要我买两袋面粉，他总说，"不要，我存的麦还多着呢！"父亲勤劳一生，直到70岁还在种田，他的确存了一些麦子。

2022年的年关马上到了，正是过去磨年麦的时节，我与父亲一道追忆过去，父亲说几天前刚去镇子上磨了400斤小麦。"全自动上料的机器，很快，一小时能磨数百斤，100斤收费10元，很方便。"父亲紧接着又补充，"你大哥还给了三袋子面粉，今年的面很多"。

在忍耐过饥饿的人看来，有充足的面粉吃，就是最大的幸福。

父亲已经76岁，他的年越来越少了。我的年何尝不是呢？所有人的年又何尝不是呢？

冬至

油香飘荡的人家,生活无疑是殷实的,温厚的。

榨油

入冬，北方近地层的冷空气、高气压，不断催生的西北风，从蒙古高原狂飙突进掠过黄河，奔向黄土高原。陇西高原的寒冷，一天比一天凌厉。气温不停下降，雪还没有真正到来。高原肃穆，只有枯黄的草木不知疲倦地迎接着不断到来的风。

大雪节气之后，磨完年麦的农人，该考虑榨油了。

迎着冬天的脚步，萧瑟冷峻的群山旱塬间，磨面、榨油的村落，总能传出人声畜鸣，不断打破一方安宁。

西北风亘古永恒的吹奏，造就了千沟万壑的黄土高原。各种支离破碎的崖体上悬挂着无数村落，每一个村落千奇百怪的地表上，随形就势修建着形态迥异的农家小院，每一个小院又形制接近地排列着敦实素朴的黄泥小屋。这貌似差距不大的居住状态，总有一些村落出现鹤立鸡群的屋舍。那是大户人家。他们因占有土地的区位优势和门望传承而产生，又因着"富不过三代"的历史周期率而消亡。鸡群中诞生鹤的过程，随着历史的脚步缓慢地轮替着。

油坊水磨刮金板。油坊总是大户人家开设的。

很多开过油坊的大户人家衰败之后,他们居住过的地方,还会以油坊为名被人记住——油坊村、油坊渠、油坊湾。一个油坊的生灭,如同一个王朝,总能留下代代绵延称谓的历史符号。

油盐酱醋茶,油排在前列。榨油和作物种植的历史一样,古老而绵延。

村里以前也开过油坊,是后来叫做地主的大户人家开的。不过,他家的油坊早在主人戴上地主帽子以前就已经结束了。最近的村庄也开过油坊,开了没多久,就停了。

农业合作社成立以后,油坊要完成社会主义改造。村里没有油坊,村里人也不用榨油,生产队榨油的任务由管理粮油的队长的亲朋好友们把持。大家没有记住那时候离村最近的油坊在哪里,只记住社员劳作一年,获得的食用油只有三四斤。一年,一个家庭,只能吃到三四斤油。不过,上溯历史,扛长工、做佃农的时代,最穷困的人吃糠都难保,遑论食油?

完整、有秩序感的记忆,开始于1980年代。土地分到户的农人,交过国家征收的油料任务,剩余胡麻籽的多寡,决定一家人一年的油脂摄入量。土地丰歉,国家赋敛,共同决定着农民的食油命运。亩产五六十斤的胡麻,在瘠薄的黄土高原上长成了最精贵的庄稼。一切顺利，三五亩面积的胡麻，既能保障国家任务，又能满足家庭需要。

五六十斤或者六七十斤，是父亲稳定的记忆。种植结构和天雨地力，以及粮管所严格的磅秤，都不允许父亲获得更多的油籽用于食用油提取。

从入冬开始，油坊的烟火不再熄灭。霜凝雪积的村庄，气息固化，油坊飘出来的热气，散着油料的清香，缓缓升腾。油坊很耀眼。四邻八村的农民都在涌向油坊，熙熙攘攘，嘈杂不断，油坊很热闹。无数个面膛黝黑的父亲，赶着毛驴奔向油坊。无数个装盛着胡麻油籽的口袋汇集到油坊里，那是一个清贫而快乐的年代，那也是一个充满期待和未知的年代。

油坊的核心人物只有两个：油官和会计。

油坊一天一夜榨一副油，用料 300 斤油籽。大约五户人，或者更多的人，才能凑够一副油。油官要验收每户人的油籽，会计要记录每个人的来料数量。

单打独斗的小农，榨油不得不面临共同体意识的凝聚。油籽验收主要查看水分干湿和颗粒饱满程度，水分含量低于 10%，才是合格油籽。不过，比起粮管所的验收员，油官并没有那么严苛。他的严厉，只为维护共同体利益，他的松懈，毫不影响他赚取来料加工费。油籽此刻代表的是人品。有的人带来的是打碾干净饱的籽实，有的人带来的是湿杂秕的籽实。人品决定出油率。为了共同体利益,大家都喜欢挑选靠谱的人联合在一起,来保证靠谱的出油率。

土法榨油,炒、磨、蒸、包扎、挤压是最关键的几道工序。油官把握所有工序的要领,所有的来料加工人员都要听从油官指挥投入集体劳动。西北有"人到油坊,马到校场"的谚语,言明榨油是个辛苦差事。

胡麻秸秆点燃,强劲的火力不断舔舐平底大锅。胡麻籽倒入锅中,不停翻炒。榨一副油 300 斤,一锅只能容纳 2 升左右,放多了搅不动,还容易炒煳。炒一副油籽费时费力。油官把握火候,油的质量关键在于火功,炒料拿捏得好,油的品质有保障。炒熟的油籽不断泼出来堆到旁边的土炕上。锅下的灶台和土炕连为一体,此刻,暖烘烘的土炕早已油光发亮。炒籽的过程,是高温破坏油籽细胞结构的过程,可降低蛋白质对油脂的吸附力,让油脂分离变得容易。

两台油磨,四头黄牛,倒班推磨。炒好的油籽搭上磨盘,进入磨膛,黄牛带动磨杆,吱吱呀呀旋转,磨齿上下咬合,油籽瞬间破裂软化,互相粘连着变成糊状,从磨子四围溢散而出。黄牛昼夜不停,磨子昼夜旋转。一副油得整整一天才能推出来。

已经改变性状的糊状胡麻籽,不断从磨台移入大蒸笼,直到好几层笼幢被装得满满当当。热锅鼎沸,蒸汽上蹿,经过数小时加热,所有的蒸笼才被完全蒸透。高温蒸过的油籽,细胞结构被进一步破

用高原最好的胡麻油炸出的麻花

坏,黏性增加,像瓦当行里做瓦的泥巴。这些油料倾倒在地上,经人工踩踏,黏性进一步增强。随后,油官指挥大家,将油料装入木质圆框,用冰草包裹起来,绑扎结实。圆饼两边超出木框厚度数厘米。一副油装六个油饼,也有人装十个油饼。

油饼装入榨台,榨油进入了最后的环节。榨台是木制的,有的竖状结构,有的横状结构,空间以恰如其分装入油饼为宜。竖状榨台,利用撬杠原理,另一端悬挂碌碡,逐渐加力,对油饼形成挤压。横状结构的榨台,则采用加入木楔的办法对油饼进行压榨。木楔或用檩条击打或用石墩对冲,主打的人通常光着膀子,汗流浃背,热气腾腾,不惧严寒。

那是力量的对决，是耐力与坚持的胜利。

油饼受到挤压，油脂缓慢流出，不断从榨台下方注入器皿。

出油之后的油饼，板结密实。拿出来，敲碎，再蒸，再踩，再装，再榨。如此三遍，油才能尽可能榨干。

烟火不倒，昼夜不停。油坊开动，一冬不歇。

从油籽炸裂，到油籽被磨碎，再到榨出油脂，混合的香味，挤满油坊，飘出村外。

300斤油籽，经过漫长奇妙的旅程，化作100斤清油。根据来料数量，会计早已算好了每户人分油的数量。现代社会的杆秤，有较为精确的算法。在古代，油官的度量衡充满了自由裁量权：来料用升子测算，出油用瓢断量。装油的木桶底可以尽量高一点，舀油的瓢子尽量做得小一点。"毡匠偷毛，油官偷油，不算偷。"高原流行的这个说法，表明高原上的人认可这两个行当的匠人做小手脚。

清油从油坊的大缸分入农户的瓦罐，流向千家万户。60斤胡麻籽获得20斤清油，只能装一瓦罐，抱不能抱，提又提不动。两户人合作，轮换挑着回家，是最省力的办法。那是异常艰难的时刻，道路逼仄，冰覆路滑，一不小心，瓦罐就有摔碎的危险。为了运输安全，农人榨油，一定要选择在大雪将至前。

这里是彩陶之乡，代表新石器时代文明巅峰的陶罐，一直到20世纪末期还护佑着农民的日常生活。陶罐装盛最精贵的清油，寄托着农人一年的希望和口福。铁桶来临的时候，中国开启了工业化步伐。两种文明的巅峰对决，衔接在黄土高原农民装油的细微举动里。

这是被端庄史书忽略的环节。

再后来，农业税免除。大哥每年种植的胡麻，也不再粜卖，基本全部用来榨油。有了塑料壶，这是比铁桶更好用的容器，密封性、柔韧性都大为提高。村村通了水泥路，家家有机车，榨油只是极其寻常普通的一项农事，不再那么高度注意天气变化，不再那么心惊胆战。

胡麻油略苦，烹饪时油烟较大，南方人不习惯。但西北人对胡麻油甘之若饴、情有独钟、奉若上品。油菜籽在当地也有种植，但当地人并不喜欢食用菜籽油。比起胡麻油，菜籽油的味道更强烈，而胡麻油的醇厚，如同黄土高原以及黄土高原人的性格一样，沉稳，坚实，内敛。

从植物提取油脂的技术，到底始于何时，尚无确切史料文献记载，很难稽考。

西汉时期的《氾胜之书》有"豆生布叶，豆有膏"的记载，证明其时人们已经掌握了豆中取油的技术。

《三国志》有一段描述满宠用火攻击退孙权的事迹："（孙）权自将号十万，至合肥新城。宠驰往赴，募壮士数十人，折松为炬，灌以麻油，从上风放火，烧贼攻具，射杀权弟子孙泰。"[1] 此处的麻油，不知是胡麻油还是芝麻油，抑或大麻油？

"起自耕农，终于醯醢。"北魏贾思勰的《齐民要术》对作酒曲、酿酱醋都做了具体论述，唯独榨油没有开辟专章细叙，不失为一大遗憾。不过在论述油料作物的种植采收时，多处提到取油。比如在种荏子一章，有"收子压取油，可以煮饼。荏油色绿可爱，其气香美；煮饼亚胡麻油，而胖麻子脂膏（麻子脂膏，并有腥气）"的记载；在种胡麻一章，说"今世有白胡麻、八棱胡麻；白者油多，人可以为饭"。"若乘湿横积，蒸热速干，虽曰郁浥，无风吹亏损之虑。浥者，不中为种子，然于油无损也。"[2]

此后，宋元时期的农书，对榨油多有论述。元代王祯《农书》就专门有一节介绍《油榨》："凡欲造油，先用大镬炒芝麻，既熟，即用碓舂，或辗碾令烂，上甑蒸过，理草为衣，贮之圈内，累积在槽；横用枋桯相桬，复竖插长楔，高处举碓或椎击，擗之极紧，则油从槽出。此横榨，谓之卧槽。立木为之者，谓之立槽，旁用击楔，或

---

1 见《三国志·魏书》卷二十六《满田牵郭传》。
2 石声汉译注，石定枎、谭光万补注：《齐民要术》，中华书局，2015 年，第 342、228、230 页。

上用压梁，得油甚速。"³

胡麻和芝麻的称谓在古文献中处于混淆状态，前文已述。胡麻自西域经张骞引种至中国，黄河中上游区域广为种植。胡麻取油的技术，在汉代应该已完全掌握。中国境内能提取油脂的植物非常多，且植物油的提取办法大同小异。从古及今，中国的广大地区都有依托当地天然或者适种植物提取油脂的通行做法。古法榨油技术在中国流布范围甚广。

"榨油术和酿酒术，直接促进了第二次社会劳动大分工，即手工业从农业中分离出来，是人类文明初期生产力发展的重要成就。"恩格斯在《家庭、私有制和国家的起源》中对榨油技术的发明，给予了很高的评价。植物油提取技术的发明，的确很好地改变了古人只食用动物油脂的单一结构，也大大促进了烹饪技术的不断革故鼎新。

清油除了食用，在过去还有一项使命——点灯。

人的肠胃缺乏油脂，十有八九会变得骨瘦如柴。缺油的日子，人只能用勤俭节约对抗。肚子要省，点灯也要省。今天，华灯初上多要

3　（元）王祯撰，孙显斌、攸兴超点校：《王祯农书》，湖南科学技术出版社，2014年，第411页。

描述成繁华景象。也有人反思今世奢华造成能源枯竭、地球衰败，于是，就有了在"地球一小时"这天熄灯一小时的倡议。在古人看来，夜晚就是睡觉，点灯做事实在没必要。有秀才十年寒窗，点灯熬油，最终不第，就成了赔本买卖。有油吃，有油点灯，这样的家道，除了大户人家，一般人哪能消受得起。古代寒门难出读书人，那阶层固化真叫一个严实。

后来有了工业煤油，点灯不再分取原本少得可怜的清油。工业文明就这样细密地对农业文明进行着深刻的改变。

世纪之交，中国的工业化进程风起云涌，榨油机械更新换代，古法土榨费时费力，出油率过低，逐渐被淘汰。机器榨油与手工榨油大致程序一样，前期的炒、蒸工序都得经历。到了磨这一环节，机械可以自动完成。打碎籽实，滚轴挤压，油脂完全分离，滚筒滤筛，出油率明显提高，两斤多胡麻籽就能榨出一斤油。但机械榨油，油脂浑浊，需月余沉淀，才能清澈起来。不过，村民现在在距村十五公里外的一个村庄榨油，他们的机械过滤精度高，出油一点也不浑浊。

工业化机榨油对植物籽实的破坏，达到了吃干榨尽的程度。人们普遍意识到机榨油的劣势，除了味道不纯正，还使油料中的活性物质损失，造成原料中营养流失。而古法压榨的油营养成分保留完整，具有独特香味。

近些年，一些地方的传统土法榨油坊榨出来的植物油，大受青睐。还有人看到了这种观念转变背后的商机，又开设了古法榨油坊。不过，碍于人工，他们依然要采取一定程度的机械化。炒、磨、蒸，借助机器，装饼靠人工，压榨则是千斤顶。这样机械与手工混合的做法，榨出来的油，远比纯机械设备要纯正。

大雪节气一过，凛冬来临。

新油入厨，煎炸烹炒，无数食材依托油脂，摇身变为餐桌美馔，一次次打开农人的味蕾。

油香飘荡的人家，生活无疑是殷实的，温厚的。

当直溜洁白的粉条挂满木架时,农人一年甚至两年的用粉需求便有了保障。

压粉

雪落四野,村庄真正进入了严冬。

挑阳光普照的晴日,父亲从院子角落里搬出几根木橼,抖掉灰尘,借着老梨树的力,开始搭建一个高高的双相架子。

这是压粉的信号。

一进入腊月,人就完全放松了。腊八一过,所有的重大劳作,基本围绕着筹备过年展开。最早开启的是扫房运动。

挑晴好的日子,将所有房间的物什家当全部挪到院子,坛坛罐罐、衣服被褥,片甲不留。土屋空空如也之后,父亲戴上帽子,拿来最旺的扫帚,对着屋顶、墙面,一通乾坤大挪移般的扫荡。屋中瞬间灰尘弥漫、混沌不堪,犹如宇宙初开时的模样。

挂于屋顶的尘土串子,落于土墙褶皱处的浮灰,一律被赶到了地上。

地面一片狼藉。

土屋建在土地上，土屋用土墙建造，土屋顶部的木椽上面依然盖着泥土，从头到脚全是土的屋子，处在风起尘扬的土山沟，焉能无土？

住土屋的人们还是要在每年腊月清扫房中的土，以求得一个舒适的环境，好安逸地过年。

抖落一年的灰尘，擦掉一年的污垢，土屋顿时焕然一新。

洒扫庭除之后，时日已经变得滴水成冰。人已经倦怠得什么都不想做了。但事关饮食口福的几件关键性农事，还得完成。制作粉条，就是一项只能在寒冷时节完成的任务。

父亲话少。不用言语，我就知道该去打麦场找寻向日葵秆子了。挑粗细均匀的秆茎，抱到院落，用斧头一一剁成一尺半长的架杆，整齐码放到高架下面，这是小孩力所能及的工作。

院落里的准备工作完成时，厨房那边，母亲已腾空了灶台，收拾掉了碍人的坛坛罐罐。雪白的洋芋淀粉，被整盆端到了案板上。她点燃锅灶，开始漫不经心地烧开水。

这是冬季比较适宜劳动的一天。

压粉是一项手艺活，也是一项集体劳动，得请匠人，还得请帮工。

做粉需要好多人组合起来，才能形成流水线作业。烧火一人，大锅中的水要一直处在沸腾状态；和粉面一人，要力气大，下手快；下粉团一人，兼顾稳定粉架；压杆一人，得精壮后生；匠人助手一人，跑出跑进伺候匠人。

六个人围在厨房的大锅台，显得特别拥挤。有时候还要卸掉门板，尽量让空间变宽敞。

粉匠是核心人物，他的主要责任是打芡。匠人打芡通常用500毫升左右的容器，根据比例放入粉面和白矾，先用凉水搅拌化开，变成相对黏稠的液体。粉芡调和的比例，全在匠人的心里，下手、入水，全靠经验。

随后，将容器沉进大锅中滚烫的开水，粉芡被烫熟。

熟好的粉芡，交由和面的妇女。根据比例，和入适量干粉面。然后快速地揉成软硬适度的面团。此时，大锅的开水在持续沸腾。粉架横卧锅上。面团被塞入粉架类似活塞体的腹腔，然后装上活塞头，一头固定在粉架一端的压杆压住活塞头，另一头使劲按压，面团被活塞头挤压，从粉架底部的筛眼中，以线状跌入沸腾的大锅。

后生持续发力，一块面团瞬间变成了一窝粉条。

滚烫的开水，迅速让跌入锅中盘成乱卷的粉条被煮熟。此刻，匠人的第二大责任就要彰显了。他眼疾手快,用木条弯制的打捞工具,将熟透的粉条打捞进搪瓷脸盆,迅速端到院子,浸入提前准备好的凉水锅中。像刚刚完成打制在铁炉上过了火需要淬火的铁器一样,粉条要经历冰火两重天。由滚烫到瞬间丧失温度,粉条变得格外柔软。浸过水的粉条,再由匠人一一打捞出锅,用向日葵杆子挂上高木架。

粉匠是乡间匠人中,不收取报酬和好处的手艺人,完全属于义务劳动。村里人最早请外村粉匠压制粉条。有一年姥爷来我家,看了全过程,他就学会了打芡要领。后来的年月,姥爷每年都被请来给我家压粉条。姥爷在另一个乡镇,他幼年心性灵敏,去村里的私塾听了一次课,被老先生看中了。老先生主动免除学费,动员姥爷的监护人让姥爷来私塾学习。姥爷便变成了会背诵四书五经的识字人。

我并没有见过姥爷做匠人压粉。我小时候,每年春节都要跟着母亲去姥爷家。每次见到的姥爷都在学习,他看着泛黄古书,有时候还会掐卦算命。那时候只觉得他有着与普通农民不一样的气质。

直到写这本书,大哥才说到了姥爷会压粉。大哥的描述中,姥爷压粉的技术很不错,"浸过凉水的粉条在大锅里杂乱如麻,姥爷双手伸进去摸到每根粉条的头子,然后整理整齐一把捞出来,上架时整整齐齐"。

我记忆清晰的压粉场景中,粉匠是村里的李二叔。李二叔给大家压

晾粉

粉总是背着自己的粉架。唯独来我家压粉不需要粉架。因为父亲用废弃的拖拉机活塞系统，自己制作了一台粉架。李二叔的粉架，几乎全部是木结构，就连活塞头和活塞体，都是木头制成的。只有活塞体底部的筛眼，用了一块铁皮。

相比之下，父亲的旧物利用可谓浑然天成。每一块面团塞进活塞，都被严丝合缝的活塞体推进到筛眼里，全部变成了粉条。而木质结构，总会因为间隙过大而浪费一些面团。

压制的粉条均匀细长，洁净光亮，柔韧筋道，烹饪前，放入水中浸泡就能变软，配入其他食材久煮不糊不化，吃起来又爽滑耐嚼，适口美味。粉条有着丰富的蛋白质和淀粉，可以与各种蔬菜以及肉、禽、蛋搭配烹饪。易于保存的粉条，不论春夏秋冬，都可以食用，凉拌、热炒、炖煮，吃法各异，口感多样。

用洋芋提纯淀粉并制作粉条的历史，在陇西高原并不长久。或者说民间老百姓掌握洋芋制粉技术的历史短暂。1980年代初，村里人种植洋芋够吃即可。土窖藏洋芋，量一大，基本也都烂掉了。再加上那年月交通不便，市场也不发达，种多了也无法变现。有一年，外县有人说要收购洋芋，村里人费劲拉到公路边约定的收购点，收购商一直没来。洋芋堆在空地上，最后烂成了脓包。

突然有一天，洋芋能"擦粉"的消息在村里传开，人人开始学习擦洋芋制淀粉。那时候擦洋芋的工具十分简陋，亚字型木架上钉一张铁皮，铁皮上钻孔，擦板就做成了。一只手稳住擦板，另一只手拿着洋芋在擦板上上下摩擦，洋芋变成糊状从另一侧流出。

洋芋糊盛入容器，倒入水，搅拌，然后将粉渣打捞分离，剩下的液体经过沉淀，粉沉器底，水浮表面。倒掉浮水，换上新水，搅起沉粉，再做沉淀。如此反复淘洗沉淀，三四遍之后，杂质被完全分离，留在器底的便是光洁细嫩的淀粉了。

待晴日，无风尘，用铲锅刀挖出沉淀器底的淀粉，铺陈到干净布匹上，一边晾晒一边研磨，最后变成洁白滑腻的细粉末。

有了充足的粉面，压制粉条的技术也逐渐兴盛起来。而早前，陇西高原的农人吃粉，主要从豌豆、黄豆等豆类植物中提取。吃粉皮、粉条，只能和面擀制，手法类似擀面条。

贾思勰在《齐民要术》中详细记载了作"米粉"和"粉英"的工艺，经"浸米""淘醋气（酸气）""熟研""袋滤""杖搅""清澄"等步骤，做出来的粉英"拟人客作饼；及作香粉，以供妆摩身体"[1]。今人提纯洋芋淀粉，与贾思勰记载的做法一模一样。

相较豆类作物，洋芋含粉高，10斤洋芋能获得1斤粉面。洋芋中提取淀粉的大发现，大大扩展了陇中民众的饮食结构。

手工擦粉费时费力，效率低下。要想获得50斤粉面，就得擦500斤洋芋。在渐趋微凉的深秋，要完成擦粉任务，免不了水中作业的手脚冰凉之苦。市场有需求，科研发明就会跟进。手摇擦粉机就曾应运而生且风靡一时。

1990年代初，姐姐嫁到了一个比我们村庄还要偏远的村庄，那是一个人口密度大，耕地稀缺的村子。姐姐分家时，分到的土地少到无

---

[1] 石声汉译注，石定枃、谭光万补注：《齐民要术》，中华书局，2015年，第600—603页。

法倒茬轮作，更谈不上养活人。姐夫外出打工，既辛苦又挣不到太多钱。他时刻构思着如何搞经营，受制于启动资金的欠缺，很多经商的理想都被骨感的现实抹杀了。有一年秋天，他从附近的县城买了一台手摇擦粉机，用自行车驮着走村串户擦粉挣钱。

当姐夫风尘仆仆推着自行车来到我家时，他身后的手摇擦粉机令我们全村人都眼前为之一亮。大齿轮带动小齿轮，小齿轮连着滚轴，滚轴满身长刺，被装在仓斗里。转动大齿轮上的摇柄，进入仓斗的洋芋被滚轴吞噬，一颗颗化作泥汤，从底部排出。就是这样简单的机器，完全解放了手工擦粉的妇女，保护了无数勤劳的双手不被擦子磨破。

科技总是进步的。手摇擦粉机用了没几年，就有了柴油机能带动的机械化擦粉机。深秋，村庄的涝坝装着满满一池雨水，擦粉的人开着手扶拖拉机进村，借着涝坝的雨水清洗洋芋，农户一户接着一户，一擦就是好几天。此时，每户人家都要用近千斤洋芋做淀粉。

有了充裕的淀粉，才能压制更多的粉条。

压粉通常要进行整整一上午甚至延续到下午。一窝粉面压制一架粉条。一架粉条一般用粉面两斤，筹备100斤粉面，就得压五十窝。当直溜洁白的粉条挂满木架时，农人一年甚至两年的用粉需求便有了保障。

新粉做成，大家当日就会尝鲜。调入辣椒、醋，放入其他佐料，一顿鲜美的粉汤就上桌了。少则一两碗，多则三四碗。吸溜爽滑声声作响，一天的困乏连接着一年的劳苦，在饱腹和品味的过程中化作乌有。

入夜，西北风劲吹，满身水汽的粉条身上冻出冰凌。第二日，天刚放晴，用木棍一一敲掉冰凌，一架架原本粘连的粉条像丝线一样舒展开来。继续晾晒，水分蒸发，粉条日渐变干，随风摇摆。此时入仓，久放不腐。

陇西高原适宜洋芋种植，年年高产丰收，年年可以压制粉条。久而久之，粉条成了当地的特产。远方的城里亲戚归来，送胡麻油的同时，再装一袋粉条，是十分体面协调的搭配。粉条的吃法也在经年累月地不断开发，比如流汁宽粉，从一地区一省份，逐渐走向全国，成为网红食物。

大寒

夜幕降临前，顶着茫茫风雪，堂哥端来一碗"盐煎肉"，端来一碗杀猪菜，那份温情已成了过往。

一碗「盐煎肉」

狂狷一夜的西北风放缓节奏的时候，天快亮了。

就着麻亮的微光，勤快的主妇挨个向饥饿的火炕填入燃料。几近湮灭的余烬，有了新的补充，重又缓缓复燃起来。土炕上，家庭中的其他年轻成员还在打盹、赖床。晨光在慢慢升起，湮在白雪中的屋舍次第冒出青烟——这是一个活着的村庄。

这也是一年之中最冷的时刻。

从冬至开始的"数九寒天"，大寒节气时，业已进入最冷的"三九""四九"阶段。

男主人扫开一条雪径，通到打麦场边的水窖旁。他一担接一担往厨房担水，直到两口大锅全部装满。主妇点燃胡麻秸秆，这是农家最好的燃料，火力旺，燃烧持久。满满两口大锅沉甸甸、冷冰冰的锅底，压着柴薪爆燃的火苗。微火烧大锅，主妇需要足够强大的耐心。

此刻还没有下炕的小孩,再也没有赖床的机会了。他得被男主人毫无征兆地从被窝里揪出来。自知理亏的小孩,不敢发出任何反抗的微词,乖乖双脚趿拉老布鞋,头顶"火车头"出门。村头蹿村尾,请"张二爸""郭三爷""李四哥",还有"王屠户"一一前来。去王屠户家时,还要拉上架子车,将他家的大木桶一并拉回来。

木桶靠近猪圈卸下来时,响声惊动了猪。猪开始不停地哼哼。前一夜,猪已经没有获得食物。挨过寒冷的一夜,此刻,猪最大的愿望是进食。它心想着主人可能忘记了供食,它用哼哼提醒主人,完全没有察觉到即将来临的危险。

小孩的心里有点恐怖、有点难受。请屠夫的时候,屠夫提着满满一箩筐的刀子,戳心刀、扫毛刀、剔骨刀、开肉刀。形状各异的刀尽管裹在油渍污秽的破布里,但刀柄外露的地方,还是能看到刀刃,感觉透着寒气。

小孩爬到猪圈门看了看,猪朝着圈门走过来,将嘴伸向栅栏,加剧了哼哼。

主屋里,来人围着火炉已经坐稳当,拉开风门的煤炉正在极力燃烧,烧得通红的炉盖上,两组罐罐茶正在咝啦啦酣煮。王屠夫的刀笼放在门口的台阶上,小孩走近主屋,屠夫敏锐地看了看刀笼。

封冻的村落

厨房里,大锅也慢慢有了响动,嗞嗞啦啦的响声,逐渐变成了呜呜的啸叫,最后走向狂热的沸腾。水烧开的时候,主人在厨房和主屋来回走动,敏锐的屠夫发现了讯号,他主动催促喝茶的人,该干活了。

所有人走向屋外,主妇叫住小孩,不准小孩出门。

不一阵,门外传来了猪的啸叫。猪被从猪圈拖到临时搭设的门板,一直在放声大叫,整座村庄,甚至隔着河谷的邻村人都能听到。屠夫手法娴熟,猪叫声戛然而止。此时,小孩才被允许出门观看。"看了杀猪场面,长大了别人赖贼时会脸红。"大人总是这样提醒小孩。

帮忙的人紧锣密鼓地从厨房提开水，满满两大锅开水倒入大木桶，热气升腾。可怜的猪已被屠夫拔掉了鬃毛，众人齐力，猪被投入大桶，一番烫洗，然后架到桶边，开始拔毛。滚烫的开水烫过的肌肤，毛发卷着粗皮，很容易被砂轮呲下来，有皱褶部位的毛，就得一根一根拔。帮忙的人没有太多耐心，头、脚、丛毛深重部位，压根不想耗时费力地拔。扫毛刀上手，一通刮扫，表皮就变光了，毛根留在了肉里。主妇在未来会抱怨，主人此刻不好意思多说啥。

所有人分工明确，开膛卸肉、打理下水、提肉进屋、下锅蒸煮……每一个步骤大家都谙熟于心。

所有流程里，小孩子最看重的是猪尿脬被割下来的瞬间。等待多时的孩子，手里早已拿着废旧扫帚上截取下来的寸长竹棍。那是给猪尿脬吹气的"气门针"。孩子多的家庭，大家要争抢。屠夫最后一刀割下去，尿脬分离猪身，屠夫故意将尿脬不给任何人，朝天一甩，大家去疯抢，谁也不得罪、谁也不偏袒。抢到尿脬的人，多是个头大、身手敏捷的孩子。

孩子们在意的是猪尿脬。屠夫在意的是割肉。

屠夫分掉整只猪的过程中，要割出属于自己的那一块——胸腔至脖颈插入刀口的位置。这是一种传统。屠夫杀猪不挣钱，但是会割走一块胸腔下的血脖子肉，拔走猪身的所有猪鬃。主人在场，屠夫总觉得主人在用虎视眈眈的目光注视着自己。如何下手，非常考验屠夫的内心。割多了，主人不开心，割少了，自己有点吃亏。此刻，下手轻重，完全是个技术活里的技术活。

原本拳头大小的猪尿脬，经过反复吹气，往往会变成篮球一般大小。一群孩子争来抢去玩弄，一会儿当足球踢，一会儿当篮球投，不知倦怠。

孩子们开心得再也顾不上提水递烟、打杂跑腿的零碎活。灌肠的时候，总要小孩子帮助，但玩着猪尿脬的小孩很难被叫过来。大肠、小肠，从内腔掏出时，臭不可闻。大家要先将肠子的一端用麻纤维扎紧，找来一截竹棍，捣入肠口，一寸一寸塞入肠体。绑扎的肠子头抵达另一端时，整条肠子便完全翻过来了。再将另一端绑扎紧致，就可以清洗了。翻肠有技巧，弄不好，会将肠子搞破，污秽翻入干净的一侧，整条肠子就废了。

有了小时候翻肠子的经历，我对食用肠类食物，抱有极大的抵制。同事聚餐，有人点一盘干煸肥肠，大家吃得津津有味。想想翻肠的污秽场面，食欲瞬间消失得无影无踪。

四五个人杀一头猪，三四个钟头就完全搞定了。

所有的肉要做一次严格的区分，猪腿要给城里的亲戚；排骨要拣出来过年;后臀肉最厚最结实,是腌制腊肉的上好材料;腹背部的肉要炒成臊子;肠子要用碱水泡起来,得反复淘洗;猪头和猪蹄子要挂起来,等闲日要细细拔毛打理才能食用……

分出当天要吃的肉块,其余的肉全部放进仓库,男人们的活算是干完了。大家在男主人的陪同下,再次煮起罐罐茶。主妇得手忙脚乱地烹饪当天的餐食。

犒劳帮忙的人,这一顿饭菜,得用新鲜的猪肉来主打。煮熟的排骨、用韭菜、蒜苗烹炒,丰富的调料裹挟肉香,味道史扑鼻;五花肉切成薄片,再用清油加食盐单独炒,成为盐煎肉。油脂溢出,肉片汪在油中,肥腻诱人;土豆切成菱形,包菜切成丝,提前焯水,达到七分熟,杀猪当天取食,与新煮的肉片还有粉条、韭菜、木耳,进行混炒。出锅时,这道混合着各种食材的菜肴,透着五谷丰裕的味道。这道与盐煎肉相比相对清淡的菜,是杀猪当天的标配,久而久之,人们称作杀猪菜。

互惠机制里的乡亲,都是辛勤劳作了一年的人,忙碌半天的帮工和主人一道,在年关将近的时日,终于可以豪迈地大口吃肉。有殷实人家,还会备上美酒,实现就肉喝酒。

某个临近过年的黄昏,西北风肃杀,村庄雪封,寒彻心骨。堂哥踩着雪径,脚下咯咯吱吱一路响着一路走来。他双手端着一方饭盘,里面放着两碗食物，一碗肉片，一碗杀猪菜。两个碗都装得高高的。旁边放着发酵白饼，一饼切四牙，叠压得整整齐齐。

堂哥还没有进屋，院子就已经飘来了肉香。那一夜，注定是非常美好的夜晚，一家人围坐品尝亲友送来的肉菜，远比吃自己家的要香。大快朵颐，一丝都不剩。装过肉的碗，最后还会用白饼擦拭一通，油腥也不留。

堂哥家总是每年最后杀猪的人家。他踩着风雪送来的，是家族血脉维系的温暖亲情。之前，我们家杀猪的当日，大哥也用同样的仪式，给堂哥一家送去肉菜。这个行为，当地称作吃"盐煎肉"。

请吃"盐煎肉"，一般在同家族之间，关系较好的农户之间发生。"村里人再穷也要喂头猪。"困难岁月，粮食产量低，猪也缺乏粮食。每家每户年关杀倒的年猪，普遍不过百斤。肉弥足珍贵，分享"盐煎肉"更显民风淳朴。

所有人吃喝完毕，小孩子还有一项必然劳动——将大木桶周围以及桶内的猪毛全部收集起来。地上的毛扫起来就可以了，木桶里的毛得用扫帚搅动打捞干净，才能倒掉污水。所有的猪毛收集起来晾晒干，清理掉杂物和泥巴，在冬日的集市卖掉，就能换购两串一百响的鞭炮。那是孩子们过年最要紧的内容。

雪落无声，四野肃杀

杀猪的当天，主妇一直要忙到半夜。分好肉，所有的猪油都要炼出来。猪油加入锅中，不断烧火，不断融化。一头猪能炼出几碗油，这是一户人家的荣耀和成就。报数时，往往夜已经很深了。白天忙碌了一天，尽饱地吃了肉，所有人都已经倦怠了。任劳任怨的主妇一直在灶台上忙活，炼出来的猪油一碗接一碗倒入陶瓷缸。这是一个原始的组合。陶器盛放动物油脂，是人类早期的生活图景。植物油没有被发明前，动物是人类提取油脂的唯一方式。

猪油的多寡，是衡量年猪大小的砝码。村里有户人家很要强，主妇年年总说自己家的猪炼油最多。听她的讲述，大家一比对，都觉得她家的猪最肥。炼猪油年年夺头魁，大家都向她请教喂猪技巧。其实她也说不出个一二三。后来，有人去她家串门，发现她炼油时用来计量碗数用的是一种比较小的碗，她的谎言从此被戳穿，成了一个笑话。

杀猪后的第二日，小孩子要送还屠夫的大木桶，同时送去那块血脖子肉。明明属于自己的肉，屠夫离开的当天并不拿。主人第二天送过去，很好地维护了匠人的尊严。孔孟之道，君子于利不在直中取，只能曲中求。

下水、猪头、猪蹄，在漫长的过年阶段，基本就吃光了。花费心思炒出来的肉臊子，是要吃整整一年的。猪大、肉多，肉臊子充裕；猪小、肉少，只能制作少量臊子。家中的各类坛坛罐罐总能恰如其分地被利用起来。

杀猪后的闲日，主妇会催着男主人把菜刀磨得快快的，花费整整一上午切肉。早就分拣好用来制作肉臊子的肉块，此时已经冻得异常坚实。锋利的菜刀一块接一块肢解肉块，发出的声音充满质感。每一块肉都被切成大拇指一样大的肉丁。

大锅中倒入胡麻油，烧热，放入肉丁，不断翻炒，肉丁融化，多余的油脂流出，肉丁缩小。最后，放入各类调料以及足够的食盐，继续翻炒，香气四溢。炒熟的肉丁盛入器皿，浇上油脂，放在室外。

一坛肉臊子做成了。

油脂凝固，肉丁被封闭。有充足的盐分，肉臊子放置一年也不会腐败。

春天之后，日子一天天变暖，农活一天天加重。辛苦的岁月，用勺子挖取臊子，与蔬菜丁混合炒熟，便能做出一顿可口的臊子面。

西北农村的 80 后学生，大都经历过住校自己做饭的生活。每周带一罐头瓶胡麻油，带一罐头瓶肉臊子，一周的伙食就会非常殷实。也有灾年，缺少粮食，猪自然很瘦弱。还有开销巨大的年份，比如家中有人生病，或者家中有人上大学，猪卖掉补了缺钱的窟窿，压根就没有年猪。

营养匮乏，食物结构单一，乡民绝大多数时间吃素食。油脂是富有的象征。杀猪的那一天，新肉入锅，香味会无法遏制地飘出巷道。那一整天杀猪人家附近一直飘着肉香、飘着油香。

年猪太重要了，没有年猪的人家，除了胃肠缺乏油脂，面子也要经受打击。村庄讨论的大事，总会涉及谁家的粮食多、谁家的年猪大。没有年猪的人，会成为村庄一整年的笑柄和话头子。

有一年我们家没年猪，雪下得很大的一个清晨，谁家的猪叫了两声，二哥和姐姐就出去玩耍了，直到中午时才回家。父亲莫名其妙地训斥了他们一顿。他以为两个孩子跑去看别人家杀猪的场景去了。其实他们躲得远远的，谁家都没有去，只是在村口玩了一下。很多年以后，二哥和姐姐都说，那一年的年过得很伤心。其实家长更伤心。

有一年猪价很低，父亲一赌气杀了两头猪，虽然很瘦，但那一年哥哥姐姐们都感觉很自豪，过年玩的时候也底气十足。

不杀年猪，一家人一年都很难见到肉糜。住校生也自然没有肉臊子可吃。缺肉的日子，精贵的清油，往往也得按滴数数着吃，才能撑到年关。

从小猪仔喂起，猪的一生简单而快乐。春夏时节，作物还未丰收，猪能吃到的最鲜美的食物，只有地里采集的各类藜科杂草。秋收之后，各类谷物的秕糠，发育不健全的弹丸洋芋，都是喂猪的上好饲料。猪可以从春夏时节的吊命状态走出来，迅猛地贴膘增肥。

吃了粮食的猪肉，总是飘着原始的肉香，不论生的时候，还是烹饪之后，都有扎实的肉味儿。工业化社会养殖场喂出来的猪肉，吃多了各类富含激素的催肥饲料，还有防病的抗生素，总是飘着臭味。不论厨艺多么高超的人，使用了多么丰富的调料，做出来的各类猪肉美食，其实都充盈着臭味。

猪肉营养价值相对丰富，价格又相对低廉，向来是人们补充蛋白质的可靠来源之一。中国有古老的养猪历史。由于养殖成本相对较低，农民家家户户可以自养。养猪也是保障贫困地区人口素质、健康水平的关键举措。

养猪一直是"国之大者"。

20世纪60年代初，全国发生自然灾害，人民群众生活极度困难。陈云对群众的实际生活需求做细致调查研究，主张增加豆腐、鱼和肉的供应。他提出要发展养猪业，必须鼓励农民多养猪，而且要以私养为主、公养为辅。中央将陈云的调查报告转发各地。很多地方调动农民养猪的积极性，增加了猪肉供应，增加了肥料，增加了农民的收入，缓解了粮食供应紧张的问题。[1]

艰辛年月杀猪，负载了农人太多的希冀。作为一项集体劳作，互助

---

[1] 陈国裕：《陈云的民生建设观》，见中国共产党新闻网2013年2月20日 http://dangshi.people.com.cn/n/2013/0220/c85037-20541401-3.html。

合作的杀猪过程,更传承着村落的人情世故。今天给你家杀猪,明天给我家杀猪,这种互动,链接了村落民众的日常交往和感情依托。这相袭了千百年的传统,在新世纪逐渐被瓦解。

现如今,十里八乡为一个单元,有人办起了专业的屠宰场。村民只需将猪拉过去,流水线作业,两三个小时之后往回拉肉就可以了。不用请邻居帮忙、不用请屠夫上门、不用大锅烧水,一切变得异常方便。在这便捷里,生活越发简单化。

物质条件改善,家家户户都有更大更肥的年猪,吃肉稀松平常。亲族邻里互吃"盐煎肉"维系亲情、友情的神圣气息,已经荡然无存了。

回望村落,夜幕降临前,顶着茫茫风雪,堂哥端来一碗"盐煎肉",端来一碗杀猪菜,那份温情,已成了过往。

后记

这是《崖边报告》完成十年之后的再次书写。这部书稿主要聚焦村庄农业生产变迁背景下的种植结构单一、作物多样性递减、民俗文化衰退等问题。农业社会当下的变迁,是工业化叠加了信息化对古老村落的革命性改造,属于不可逆的趋势。大变奏之下,农人循着二十四节气依然周而复始地进行农耕活动,这份舒缓和从容,恰来自落后偏僻之壤。于此,这本书便成了一次独特的客观记录,希望她留给历史的面貌清晰可辨、岁久弥新。

平生不大发宏愿,对故乡的叙事大致有三个愿望:《崖边报告》是其一;《崖边农事》是其二;未来还想有三,是为三部曲。每次抒写间隔十年,最后的记述将是"知天命"阶段的事了。

1980年代初出生在村里,成长生活了近二十年离开,离村的日子一晃又过了二十余年。这次写作,主要依靠的是"一边上学一边务农"的成长岁月留下的记忆。类似的记忆,在主流的语境中,总被冠以"财富"。能这样说的人,大抵是今天的确掌握了和务农岁月的苦难等量齐观的荣耀。对于乡村和耕作,想说的很多,认真说起来，又觉得无话可说，激越和虚无冲抵，最终变得越来越谨慎。我不想责难，也不想矫饰，更多地想用客观冷静来面对苦乐。苦乐其实伴随所有的岁月和时空，以及所有的人。浩大的时空中，每一种存在都只是星星点点。

意图在前言已经表明，后记再说的话，或许是完成写作之后的不同心境而已。

感谢北京大学出版社，三度合作；感谢王立刚先生和任慧女士的编辑工作，从操作《崖边报告》到《陇中手艺》再到这本书稿，立刚先生一直充满信任和支持，这本书任慧女士作为责编加入，我们的合作也更加完美，期待我们在未来一起做更多好书。

本书的绝大多数图片由我自己拍摄，黄土高原地貌航拍及高粱、糜子图片由何大龙先生拍摄，打碾图片由杨进财先生拍摄，粉条图片由张赛、李和先生拍摄。何大龙先生是我多年的挚友，为我开展田野调查提供了很多帮助，杨进财、张赛、李和是大龙的好友，在此，向几位的无私支持表示衷心感谢。

阎海军

2024 年 2 月 29 日

图书在版编目（CIP）数据

崖边农事：二十四节气里的村庄 / 阎海军著. —北京：北京大学出版社，2024.6

ISBN 978-7-301-35005-8

Ⅰ.①崖⋯ Ⅱ.①阎⋯ Ⅲ.①纪实文学–中国–当代 Ⅳ.①I25

中国国家版本馆 CIP 数据核字（2024）第 083246 号

书　　　名	崖边农事：二十四节气里的村庄 YABIAN NONGSHI: ERSHISI JIEQI LI DE CUNZHUANG
著作责任者	阎海军　著
责任编辑	任　慧　闵艳芸
标准书号	ISBN 978-7-301-35005-8
出版发行	北京大学出版社
地　　　址	北京市海淀区成府路 205 号　100871
网　　　址	http://www.pup.cn　新浪微博：@北京大学出版社
电子邮箱	zpup@pup.cn
电　　　话	邮购部 010-62752015　发行部 010-62750672 编辑部 010-62753154
印　刷　者	北京九天鸿程印刷有限责任公司
经　销　者	新华书店 880 毫米×1230 毫米　32 开本　10.75 印张　229 千字 2024 年 6 月第 1 版　2024 年 6 月第 1 次印刷
定　　　价	88.00 元

未经许可，不得以任何方式复制或抄袭本书之部分或全部内容。
版权所有，侵权必究
举报电话：010-62752024　电子邮箱：fd@pup.cn
图书如有印装质量问题，请与出版部联系，电话：010-62756370